엄마

김영숙

엄마의 삶은 시간이 흘러
우리 모두의 **인생**이 된다

고혜정 씀

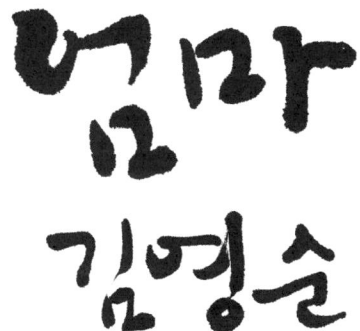

21세기북스

2012년 2월 지인으로부터 한 통의 전화를 받았다. 자신의 어머니가 여든다섯인데 총기도 좋고 입담도 좋으시단다. 그런데 그 어머님이 얼마 전부터 당신의 자서전을 한 권 써 보고 싶어 하시는데 어떻게 하면 좋을지 상의해 보고 싶다는 것이었다.

전화를 받았을 때의 솔직한 심정은 '할머니가 참 특이하시네. 당신이 독립운동을 한 것도 아니고, 세상을 떠들썩하게 할 신약을 개발한 것도 아니면서, 대체 무슨 이야기를 하고 싶으신 걸까?' 이게 다였다.

단순한 호기심에 그럼 내가 할머니를 한번 만나 보면 어떻겠냐고 했고, 그렇게 우리는 처음 만나게 되었다.

아들, 며느리와 함께 약속 장소에 나오신 할머니는 작고 고우신 평범한 우리네 할머니의 모습이었다. 식사를 하며 이런저런 이야기를 나누어 보니 아무리 봐도 특이할 것 없는 평범한 할머니였고, 살아온 이야기 또한 특별할 것이 없어 보였다. 그러나 자서전을 내고 싶어 하는 자신의 의지도 강했고, 또 어머니가 좋아하고 기뻐할 일이라면 기꺼이 해 드리고 싶다는 아들, 며느리의 효심도 지극했다.

"할머니, 자서전을 왜 내고 싶으세요?"

"그냥……, 내 나이가 이제 여든다섯이에요. 내가 살아온 일들을 한 번쯤 정리해야 하지 않나 싶어 그래요."

"할머니, 할머니가 생각하실 때는 그 시간들, 그 세월들이 기막히겠지만 그런 얘기를 책으로 내 봤자 가족들은 이런 얘기 열 번도 더 들었다면서 그 책 들춰 보지도 않을 거고, 아시는 분들한테 한 권씩 드린다고 해도 누군 이만큼 고생 안 했나 하면서 입만 삐죽거리지 좋아하지 않을걸요. 그런데도 내고 싶으세요?"

"남들이 뭐라든 나는 내 살아온 인생을 한번 정리해 보고 싶은데, 내가 글 쓰는 재주가 없으니……."

"할머니, 할머니 자서전 낸다고 하면 출판사는 안 팔릴 것 아니까 책 안 내 줄 거고, 그럼 자비로 내셔야 되는데, 책 내려면 돈 많이 들어요. 그런데도 내고 싶으세요?"

"나 아들들이 용돈 준 것 그대로 다 모아 놨어요. 그 돈으로 한번 내 보면 안 될까?"

갑자기 가슴이 뭉클했다. 자신이 살아온 이야기를 담은 책 한 권 내는 것이 이 할머니에게는 이렇게 절박할까? 인생의 막바지 즈음에 대체 무슨 이야기를 정리하고 싶으신 걸까? 나는 가슴 한쪽이 찌릿하면서 호기심이 생겼다.

그리고 할머니의 아드님과 잠깐 이야기를 하게 되었다.

"우리 어머니는요, 내가 뭘 하자고 하면 늘 안 한다고 하는 분이세요. 나가서 설렁탕 한 그릇 사 먹자고 해도 돈 아깝다고 집에서 먹자고 하고, 집사람이 옷가지 하나 사다 드려도 왜 괜한 데 돈을 썼냐고 하는 분인데 이번에는 자신이 나서서 저렇게 하고 싶어 하시니 자식 된 도리로 꼭 해 드리고 싶습니다. 나중에 돌아가시고 무덤 앞에 좋은 비석 해 드리면 뭐 하고 어머니 그립다고 울면 뭐 합니까!

계실 때 원하시는 것 해 드리고 싶습니다."

아들의 효심 또한 갸륵했고, 할머니의 의지는 도저히 꺾을 수 없어 보였다. 그렇다면 과연 내가 도울 수 있는 일은 무엇일까?

나는 아드님께 자서전을 쓰려면 대필 작가를 우선 구해야 하는데, 내 후배 중에서 한번 알아보겠다고 했다. 그리고 쓰고 난 다음에 책을 인쇄하는 데 얼마의 돈이 드는지 한번 알아보시라고 했다.

그렇게 계획을 하고 알아보는데, 자꾸 눈앞에 할머니의 모습이 아른거리고 머릿속에는 할머니 생각이 떠나지 않았다.

여든다섯의 할머니.

마흔다섯의 나.

우리는 40년의 세월을 건너뛰었지만 같은 여자다.

35년 전 신장암으로 남편과 사별한 할머니.

5년 전 위암으로 남편과 사별한 나.

우리는 죄지은 것 없이 주눅 들어 살아야 하는 여자다.

자꾸 할머니 생각을 하다 보니 공통점이 생기고(어쩌면 이걸 운명이라고 나 자신을 세뇌시키는 과정이었는지도 모르겠다), 왠지 이 할머니의 인생이 궁금해졌다. 모두들 겪은 일이라고, 세상의 엄마들은 다 그렇게 살았다고 말할지 모르나, 이 할머니에게 자신의 인생은 얼마나 파란만장하고 안타깝고 소중하고 기막힌 세월이었겠는가. 우리는 우리네 엄마들의 그런 기막힌 세월과 희생과 노력으로 키워졌으면서도 너무나 그것을 당연하게 생각하고 있는 것은 아닐까?

누구나 다 그렇다고, 세상 엄마들은 다 그렇게 살았다고, 평범하게 생각하고 대수롭지 않게 말하지만 그것이 밑거름이 되어 자식이라는 나무가 컸던 것인데, 자식들은 혼자 잘나서 잘 큰 줄 안다. 현실이 이럴진대, 늙고 힘없는 우리 어머니들은 죽음이 문밖에 와 있다는 생각이 들 때 얼마나 서글프고 아쉬울까.

그렇다고 또 다시 물릴 수도 없는 인생. 여자로 태어나 엄마와 아내로 더 오랜 세월을 산 우리네 엄마들의 이야기를 김영순 할머니를 통해 한번 자세히 들여다보고 싶었다. 40년의 세월을 건너뛴 '여자 인생'의 후배로, 그리고 '엄마 인생'의 후배로······.

나는 많은 일을 제쳐 두고 김영순 여사와 3개월간의 데이트 약속을 하게 되었고, '계급장' 다 떼고 여자 김영순과 여자 고혜정의 데이트는 그렇게 시작되었다.

차례

첫 번째
데 이 트

위대한 유산

아, 철없던 나……. 그 불효를 어떻게 씻을까?
우리 부모님이 주신 유산은 다른 곳에서 무럭무럭 자라서
열매 맺을 때를 기다리고 있었는데,
나는 그것도 모르고 우리 부모님을 원망하고
부모님 가슴에 못을 박았다.

시내의 한 중국 음식집에서 우리는 단둘이 만나게 되었다. 일단 할머니께서 나를 편안하게 생각하고 가식 없이 살아온 이야기를 들려주었으면 좋겠다는 생각에, 글을 쓰기 전에 먼저 친해지는 게 우선이라고 생각했다.

할머니는 아담하고 고운 모습이었는데, 오늘은 또 작가 선생님을 만난다고 화장까지 해서 그런지 더더욱 곱고 예쁘셨다. 그런데 나를 보자마자 묻지도 않은 이야기를 줄줄줄 실패 풀듯 하셨다.

"혈압 때문에 오전에 병원에 가서 약을 13만 원어치

나 지었어요. 에휴, 늙으니 여기저기 병이 많아서…… 얼마 전엔 백내장 수술 하느라 돈 잡아먹었지. 이쪽 보청기는 삼백오십인가 칠십인가 주고, 이쪽 보청기는 백, 백 얼마더라…… 그리고 또 이도 얼마 전에 500만 원 주고 하고…… 아이고, 자식들 힘들게만 해요."

"아니 할머니, 나 그런 가격 안 궁금한데. 그리고 그렇게 자식들 잘 키워 놓으셨으니 이젠 당연하게 받으셔도 돼요. 너무 미안해하지 마세요."

"이 옷이랑 이 반지도 우리 며느리가 사 줬어. 남들은 나 보고 딸이 없어서 어쩌냐고 걱정인데, 나는 며느리들이 어찌나 잘하는지 딸 있는 집 안 부러워."

과연 그럴까? 딸보다 더 좋은 며느리가 이 세상에 존재할까? 아니 내가 묻지도 않은 며느리 이야기, 며느리 자랑부터 하시는 이유는 뭘까? 정말 며느리가 잘해서? 아님 며느리의 흉을 감추고 오히려 잘한다고 자랑하며 자존심을 세우려고? 여하튼 며느리 자랑부터 하시는 것이 나는 왠지 수상했다. 내가 너무 빼딱한 걸까? 나도 결혼 생활을 해봤고 시부모님이 계셨기에 좀 이해는 안 됐지만, 그렇다고 하시니 믿을 수밖에 없었다.

주문한 음식이 나왔지만 할머니는 이야기를 하느라 젓가락만 들고서 드시질 못했다. 무슨 이야기를 해야 할지 몰라서 걱정이었다던 할머니는 이 이야기, 저 이야기 두서없이 많이 하셨지만 그중에서도 자식 이야기가 제일 많았다.

엄마로 산 인생이 제일 행복해서였을까? 두 아들 키우던 이야기를 너무도 자세히 그때그때 상황을 묘사하셨다. 심지어 갓 돌 지난 큰아들이 포도를 어떻게 먹더라는 이야기부터 세발자전거를 사 주었더니 아이가 너무 어려서 발이 안 닿아 어떻게 하더라는 둥……. 두 아들 키우던 이야기를 할 때는 마치 50여 년 전으로 돌아간 듯, 젓가락마저 내려놓고 많이 흥분하고 많이 웃으셨다.

할머니 인생에 있어서 가장 소중한 기억들이고 행복했던 순간들이었을 테니까……. 나도 두 아이를 키우고 있는 엄마이다 보니 그 심정과 그 기분을 충분히 이해할 수 있을 것 같아서 맞장구를 치며 웃다가 슬며시 물었다.

"할머니, 아드님은 왜 어머니가 예전에 못살던 때 이야기를 자꾸 구질구질하게 하시려는지 모르겠다고 하던데……. 할머니는 그 시절이 싫지 않으세요?"

"우리 큰애 초등학교 4학년 때 지 아버지 사업이 망했고, 그 후에 9년 동안 암으로 고생하다 가셨지. 그래서 우리가 고생을 좀 했어요. 그런데……, 나는 안타까워요. 우리 애들이 지 아버지가 사업 실패하고 아파서 힘들어하던 것만 기억하고 있어서. 재산 한 푼 안 남기고 죽은 거, 그런 것만 생각하는 것 같아서……."

1958년 마흔하나의 남자를 만나 서른하나의 김영순은 결혼을 했다. 두 남녀 모두 그 당시에는 굉장히 늦은 결혼이었다.

그리고 바로 임신을 해서 첫아들을 낳았다. 그런데 산

모가 어쩌나 몸이 약하고 입덧이 심했던지 아이를 낳고 보니 너무 말라서 아기가 배배 꼬였더란다. 거기에 한술 더 떠, 산모는 몸이 약해 젖이 안 나오는데 아기는 우유를 안 먹었으니……. 나이 든 노처녀 노총각이 만나 늦게 본 아들이 좀 예쁘고 귀했을까. 그저 애만 태우며 암죽을 쑤어 조금씩 먹여 키웠다.

엄마 마음 같아서는 아기가 우유를 좀 꿀꺽꿀꺽 마시고 쑥쑥 자라 주었으면 좋으련만, 우유병만 가져다 대면 입을 꼭 다물고 있다가 입술로 밀어내 버리니 어쩌랴. 젖이 안 나오는 산모는 애를 낳아 놓고도 죄인 같은데, 그 마음을 모르는 아기는 우유가 싫으니 엄마 젖을 내놓으라고 입술로 시위를 하고 있고…….

모자란 젖과 암죽으로 겨우겨우 아기를 길렀으나, 나올 때 배배 꼬였던 아기는 나와서도 제대로 못 먹었으니 약할 수밖에 없었다. 부모를 비롯해 할머니까지 모두 이 아이만 가지고 법석을 떨었다. 그저 토실토실 살이 올라 건강하게 자라는 모습 좀 보려고 모두 아기 먹는 것에만 신경을 쓰던 때였단다.

첫돌 즈음, 10월이 첫돌이니 가을인데 하루는 남편이 귀한 포도를 사 왔더란다. 50년도 더 전에 10월 포도라면 얼마나 귀했을까? 사업을 하던 남편이라 주머니 여유도 있었고 발도 넓었으니, 귀한 것 사다가 아들에게 조금이라도 먹여 보고 싶은 마음에 비싸도 비싼 줄 모르고 사 오셨으리라.

포도를 사다 주며 아들에게 먹이라고 하고 나가던 남편이 잠시 후 다시 들어왔다. 뭐 잊은 게 있냐고 아내가 물으니, 아기에게 포도 먹이는 법을 가르쳐 주고 나가려고 다시 들어왔다고 했다(아니 내 새끼 먹이는 건데 어련히 알아서 먹일까. 뭐 그런 걸 알려 주고 말고 한다고 바쁘신 양반이 나갔다가 다시 들어온단 말인가. 설마 애 안 주고 마나님께서 다 드실까 봐 감시하러 오신 건 아닐까?).

그러고는 과도를 가져다가 포도 낱알 윗부분을 자르고 십자로 칼집을 낸 후 아기의 입에 대고 포도 알 몸통을 꾹 누르면 껍질에서 떨어진 포도가 쏙 빠져나와 아기 입으로 쏙 들어가게 먹였고, 시범을 보인 후에는 그렇게 하라고 시켰다. 그렇게 자식 사랑이 지극하고 자상한 아버지였다.

또 한번은 두 돌이 막 지난 아이가 몸이 하도 약해서 병원에 데리고 갔더니, 의사가 다리가 너무 약하니 세발자전거를 사 주라고 했다. 그 말을 남편에게 하니 남편이 당장 국제시장에 가서 세발자전거와 붕대를 잔뜩 사 왔다.

말이 끝나기 무섭게 세발자전거를 사 온 것은 이해하겠으나 붕대는 웬 말인가! 그때만 해도 세발자전거는 몹시 귀한 물건이었고, 또 요즘처럼 플라스틱으로 가볍게 만들어진 것이 아니라 쇠로 만들어졌다. 그러다 보니 그 세발자전거를 타다가 혹여 아들 몸에 상처라도 날까 봐 사 온 붕대로 세발자전거를 칭칭 다 감았다. 그리고 그 세발자전거에 두 돌 지난 아들을 태우고 방 안에서 아버지, 어머니, 시어머니가 번갈아 가며 빙빙 돌았다.

그렇게 자상한 아버지였고, 자식 사랑이 깊었던 분이었기에 그 아들이 다섯 살이 되어 유치원에 갈 때는 양복점에 가서 정장을 어른 옷 값을 주고 맞춰서 입혀 보낼 정도였고, 덕분에 동네에서 아들의 별명은 '꼬마 신사'가 되었다.

아버지 사업이 잘되던 때라 그렇게 호강하며 컸던 아들들. 그러나 그건 너무 어렸을 때의 일이라 기억도 못하고…….

큰아들이 초등학교 4학년 때 남편 사업이 망했고, 중학교 2학년 때 암 선고를 받았다. 그러다 보니 아들들이 기억하는 아버지는 사업에 실패해서 초라해진 모습과 오랜 투병으로 가족들을 힘들게 했던 모습뿐인 듯하다.

■　■　■

"너무 안타까워요. 아버지가 지극정성이었던 기억을 못 하는 건 너무 어렸을 때니 이해한다지만, 물려준 게 없다고? 아니아니, 돈을 물려주진 않았지. 하지만……, 하지만 말이오……. 꼭 돈을 물려줘야만 부모 노릇 한 건가? 그 머리, 그 좋은 머리를 아버지가 물려준 생각은 왜 못하는지……. 우리 큰아들은 동래초등학교에 다닐 적에 아이큐 검사를 하니 144가 나왔어. 그 학교가 생긴 이래 그런 아이큐는 처음이라고들 했지. 그리고 3년 후에는 우리 작은 아들이 아이큐 검사에서 139가 나왔어. 144 이후에 그렇게 높은 아이큐가 없다가 동생이 형 뒤를 이은 거지."

"그런데 아이큐 높은 값 하던가요? 맨날 엄마들이 그러잖아요. 우리 아이는 머리는 좋은데 노력을 안 한다고."

"머리 값 했지. 큰아들은 서울대학교 법대에 들어가서 스물하나에 사시 패스하고, 스물셋에 검사 임관했고, 작은아들은 성균관대학교에 학과수석으로 들어갔으니까. 그래서 그 좋은 머리, 잘 풀어서 지금 저희들 위치에서 잘들 살고 있잖아. 그렇게 할 수 있게 해 준 그 머리, 그 좋은 품성과 습관들은 누가 물려준 거겠어요? 그런 건 왜 유산이라고 생각을 못하고 왜 옛날 이야기만 하면 구질구질하다고 하고 부모한테 유산을 못 물려받았다고 생각하는지⋯⋯. 난 그게 참 안타깝고, 자식들한테 말은 못 해도 섭섭해요."

나는 어려서부터 '엄마처럼 안 살 거야', '엄마가 나한테 해 준 게 뭐 있어', '왜 날 낳았어' 3종 세트를 입에 달고 산 사람이다. 지지리도 가난한 집안에서 제대로 해 주지도 못할 거면서 왜 날 낳았는지 도대체 이해도 할 수 없었고, 그런 부모가 원망스러웠다. 서울에 올라와 대학에 다닐 때에도 아르바이트를 쉬지 않고 해야 했고, 결혼할 때도 친정 부모가 결혼 비용을 보태 주기는커녕 내가 친정 빚을 갚아 주고 시집을 가야 했다.

그런 것들이 얼마나 지겹고 원망스러웠는지 모른다. 친구들이 '우리 엄마가 사 준 옷이야', '우리 아빠가 비상금으로 갖고 있으라고 결혼할 때 통장 하나 주시더라' 하는 이야기를 들을 때면 딴 세상 이야기 같고 어찌나 부럽던지……

나는 뭐든 필요한 게 있으면 내가 벌어서 그 돈으로 해결해야 했고, 유산은커녕 시골집에 무슨 일이 생길 때마다 나한테 전화를 해서 돈을 해 달라고 하니, 느는 건 신경질과 부모에 대한 원망뿐이었다. 그래서 솔직히 내가 결혼해서 아이들을 낳아 기르면서 우리 부모처럼 자식에게 도움을 주기보다는 짐이 되는 부모는 되지 말자는 생각도 했다.

그런데 여자 김영순, 그녀의 이야기를 듣고 나는 순간 머릿속이 띵 하면서 엉켰던 모든 것들이 컴퓨터 파일 정리 되듯이 촤라락 정리가 되는 것이었다.

고혜정. 방송작가로 20년 넘게 살았지만 사람들은 나보다는 내가 했던 작품들 제목을 듣고서야 내가 누구인지, 뭐 하는 사람인지 겨우 알았다. 하지만 2004년 나와 엄마의 이야기를 쓴 책 『친정엄마』가 나오고, 그 책이 베스트셀러가 되어 연극이 되고, 뮤지컬이 되고, 영화가 되고 난 후부터는 사람들은 『친정엄마』의 작가 고혜정으로 나를 금방 떠올린다. 그만큼 『친정엄마』는 나의 대표작이 된 것이다.

그러면 『친정엄마』는 무슨 내용인가!

한글도 모르고 학교 문 앞에도 가 본 적 없는 엄마가 아무리 이리 뜯어보고 저리 뜯어봐도 자신에게서는 태어날 수 없을 것 같은 과분한 딸(사실은 잘난 척하는 딸)을 자신을 희생해서 가르치고 뒷바라지한 이야기를 나중에야 엄마의 그 마음을 알게 된 딸이 그 사랑과 노고를 위로하

25

며 쓴 수필집이다.

나는 그저 눈물 나고 구질구질한 나의 과거라고 생각했지만, 책이 나온 후 반응은 뜨거웠고, 그것은 나만의 이야기가 아니라 우리 시대의 자화상이 되었다. 많은 독자들이 나의 이야기에 공감한 덕분에 그 책은 결혼하기 전에, 혹은 어머니와 딸이 꼭 함께 봐야 할 책, 연극, 뮤지컬, 영화가 될 수 있었다.

『친정엄마』의 주인공은 우리 엄마이고, 그 친정엄마를 괴롭혀서 지독히도 내게 미움을 받았던 사람은 우리 아빠다. 그리고 나중에 그 과정들을 '재미나게' 글로 적은 사람은 나다. 지금 이 모든 영광은 내가 받고 있지만, 그 유산은 우리 부모에게서 받은 것이 틀림없다.

자라면서 부잣집을 부러워하긴 했지만 가난한 것을 원망하지는 않았다.

결혼할 때 시어머님이 결혼을 반대하면서 "없는 집 맏사위 노릇 하는 게 얼마나 힘든 줄 아냐. 그게 내 자식 등골빼는 일이다. 나는 그런 가난한 집에서 며느리 데려올 마음 눈곱만큼도 없다"고 하셨을 때 나는 시골집에 내려가 우리 부모님 앞에서 엉엉 소리 내며 울었다.

"왜 날 낳았어! 그렇게 고생만 시키고. 나는 아르바이트 하느라고 대학 다니면서 미팅도 한 번 못 해봤는데, 결혼할 때는 가난한 집 딸이라고 싫다고 하고. 왜 날 낳았어. 뭣하러 낳았어! 돈도 없으면서, 왜? 엄마 아빠 때문에 시집도 못 가게 생겼어. 왜 낳았어! 왜!"

그때 우리 엄마가 내게 그랬다.

"아가, 나랑 가서 죽자. 내장저수지에 너랑 나랑 빠져 죽자."

아, 철없던 나……. 그 불효를 어떻게 씻을까?

우리 부모님이 주신 유산은 다른 곳에서 무럭무럭 자라서 열매 맺을 때를 기다리고 있었는데, 나는 그것도 모르고 우리 부모님을 원망하고 부모님 가슴에 못을 박았다.

김영순 할머니와 나는 40년의 세월을 뛰어넘어 그렇게 서로 맞장구를 치고, 위로도 하고 공감하며 두 시간의 데이트를 마쳤다. 그리고 다음 데이트 약속을 하자고 하니 할머니는 이렇게 대답하셨다.

"우리 집으로 와. 내가 육개장 사 줄게요. 우리 동네에 싸리골이라고 있는데 잘해. 아무래도 뭔가를 크게 하다가 망해서 부부가 하는 집 같은데, 애들 둘을 유학 보내고 있더라고. 그러니 한 그릇이라도 더 팔아 줘야지요."

그렇게 할머니는 또 집 근처 식당 이야기를 한참 하며 나의 발길을 붙잡으셨다. 이야기 상대가 많이 그리우셨던 것 같다는 생각에 나는 우리 엄마 생각이 나서 '이름도 몰라요, 성도 몰라'의 싸리골 주인 내외 이야기를 한참을 듣고 헤어졌다.

며느리 밥해 주는 시어머니

세상 엄마의 자식 사랑하는 마음은 대체 어느 정도의 깊이일까?
자식들은 엄마의 그 사랑을 대충이라도 가늠할 수 있는 걸까?
나도 매일매일 우리 아이들을 물고 빨고
'사랑해 사랑해'를 노래인 줄 알고 불러 대지만,
정작 나를 그렇게 키웠을
우리 엄마에 대한 사랑은 생각해 본 적이 없다.

유산 이야기를 하며 서로 두 손을 맞잡고 위로하며 이야기를 잘 나누었던 할머니에게 며칠 후 전화가 왔다.

　　"나 그거 못 하겠어요. 안 할래요."
　　"어머, 왜요? 지난번에 좋아하셨잖아요. 무슨 일 있으세요?"
　　"내가 그날 만나고 와서 혈압이 200까지 올랐어요. 너무 신경을 썼나 봐. 또 옛날에 고생하던 이야기를 하다 보니……. 원래 혈압이 좀 높긴 한데, 그날은 혈압이 200까지 올랐어. 나 안 해요. 그러니 다음 주 수요일에 우리 집에 오지 마셔요. 미안합니다."

"예, 잘 알겠어요. 할머니가 싫으시면 이거 하실 필요 전혀 없어요. 할머니 건강이 최우선이죠. 아무 걱정 마시고, 이제 더는 옛날 일 생각하며 혈압 올리지 마시고 편히 계세요. 잘 알겠습니다. 할머니 컨디션 좋아지시면 제가 다음에 맛있는 식사 한 번 대접할게요."

"아이고, 내가 사야지."

"누가 사든 다음에 꼭 봬요."

그렇게 우리의 데이트는 한 번으로 끝이 날 것 같았다. 그러면 그날 육개장을 사 주시겠다며 한참을 이야기하시던 그 육개장 집 주인의 다음 이야기는 이제 어디 가서 들어야 하나? 내 호기심만 잔뜩 발동시켜 놓으시고선……

하지만 자신이 하기 싫다고, 또 건강에 적신호가 온다는데 나의 작은 호기심 때문에 억지로 만나자고 할 수도 없을 것 같아서 마음을 정리하고 다른 일을 열심히 하고 있었다. 그런데 이삼 일 후 다시 전화가 왔다.

"나 다시 해보려고요."

"예?"

"우리 아들이 막 난리가 났어요. 어머니 장난하시는 거냐고. 그렇게 해보고 싶다고 하더니 이러시면 어떡하냐고."

"그래도 할머니 건강이……."

"작가님한테도 실례라면서."

"아니, 저는 괜찮아요."

"우리 아들은 엄마를 다그치거나 속상하게를 안 해요. 나를 설득을 하지. 그러니 어째요, 내가 우리 아들 말을 들어야지."

"저기, 건강도 안 좋으신 것 같은데 다음 기회에 하시죠."

"혈압 좋아졌어요. 육개장 먹으러 올 거지요? 우리 집이 어디냐면……."

"아니, 저는 다른 일 때문에……."

"…… 그렇게 가게 끝나는 데서 지붕 위에 소나무 있는 집을 찾아오세요. 그 앞에서 전화하면 내가 나갈게."

"예? 지붕 위에 소나무요? 무슨 그런 집이 있어요?"

나는 또 그 지붕 위의 소나무라는 말에 혹해서 가겠다
고 하고 말았다.

그리고 약속한 수요일 오전이 되었다. 하지만 도대체 지
붕 위의 소나무 집은 찾을 수가 없었다. 내비게이션에 주
소를 입력하니 말씀하신 빌라가 바로 나와서 전화를 하지
않고도 할머니 댁의 문 앞에 설 수 있었다.

그런데 벨을 누르니 반응이 없었다. 몇 번을 누르다가
이상해서 집으로 전화를 해보니 집 안에서 울리는 전화
벨소리가 얼마나 큰지 문밖에서도 깜짝 놀랄 정도였다.

'이 집이 맞긴 맞는 모양인데……' 하며 서 있자니 할머니
가 엘리베이터에서 내리셨다. 나는 깜짝 놀라서 물었다.

"할머니, 집에 안 계셨어요?"

"온다고 해서 밖에서 기다렸죠."

"어? 난 못 봤는데, 엇갈렸나?"

"난 딱 그 자리에 서 있었는데."

"주차장 들어갈 때 비껴갔나?"

"어서 들어와요."

"예."

나는 빈손으로 찾아뵙기가 그래서 작은 케이크를 하나 사 가지고 갔는데, 할머니는 그건 받자마자 식탁 위에 올려놓고 나를 소파에 앉히더니 바로 또 옛날 이야기를 시작하셨다.

아니, 일단 물이라도 한잔 주시던가. 아니면 육개장부터 빨리 시켜 주시던가. 육개장 먹게 12시에 오라고 하셔서 아침도 안 먹고 오전 일 보고 부랴부랴 12시에 맞춰서 갔건만 할머니는 육개장 시켜 줄 생각은 안 하고 이야기부터 시작하셨다.

지난번에 실컷 들었던 두 아드님의 명석함과 속 썩이지 않고 자란 자랑스러운 이야기들이다. 나는 배는 고파 죽겠고 지난번에 들었던 이야기들의 반복이어서 별로 듣고 싶지 않았는데 너무나 진지하게 말씀을 하셔서 끊을 수가 없었다. 마치 꿈을 꾸는 듯한 표정으로 미소도 지었다가, 그때의 정확한 기억을 위해 인상도 쓰셨다가……

여자 김영순.

85년 전 여자로 태어났지만 그녀는 여자보다는 딸, 아내, 엄마, 할머니로 살았을 것이다. 그리고 85세가 된 지금 걸어왔던 길을 돌아보니 자식을 키우던 때가 제일 행복했었고 보람되었기에 그것들만 더 또렷하게 기억을 하는 건지, 아니면 다 잊더라도 그 기억만은 꼭 간직하고 싶어서 자꾸 되새김질을 하는 것인지……. 자식들 자랑을 할 때에는 웃으며 손뼉도 치고, 무릎도 치고, 내 어깨도 치며 즐거워하셨다.

그뿐인가. 소소한 것까지 너무나 정확하게 기억하고 계셨다. '그때 큰아들과 같이 공부하던 친구 이름은 ○○○이고, 그 집 아버지는 ○○은행 지점장이었다', '그때 우리 아들이 다니던 학원비는 한 달에 만 원이었는데, 그 돈이 없어서 내가 어렵게 5000원을 마련해서 이금남 선생님을 찾아가서 사정사정을 했다' 등등.

또 집 안 여기저기에 어수선하게 걸려 있는 것들은 아들이 취미로 찍은 사진이며, 친구가 만들어 줬다는 종이

상자와 종이 꽃, 거실 한편에 겨우 버티고 서 있는 종이 인형을 가리키며 "우리 손녀 윤아가 옛날에 만든 건데, 사람들이 다 버리라지만 난 이게 소중해. 보고 있으면 좋아. 그래서 안 버려" 하시기도 했다.

거실 한가운데에는 초등학교 회장 선거에 나간 포스터가 크게 액자에 걸려 있기에 누구냐고 물어보니 손자 정민이라고 했다. 그래서 내가 초등학교 때 회장 선거 나가서 됐나 보다며 아는 척을 하니 나가서 떨어졌단다. 나는 '아니, 회장이 된 것도 아니고 떨어졌는데 저렇게 크게 액자를 해서 거실 한가운데 턱 걸어 놓고 싶으실까' 하는 생각이 들었지만, 할머니는 그런 분이셨다. 그렇게 할머니는 자식 자랑을 하다가 손주들 자랑을 하다가 하며 정신없이 말씀하셨다. 배고픈 작가 손님에게는 물 한잔도 안 주시고 말이다.

아들들이 잘된 지금, 할머니는 그 이야기들이 가슴 아프지 않다고 하셨다. 그저 좋은 기억이고, 행복한 시절이었다고 한다.

'그런데 중요한 건 나는 배가 너무 고프다고요, 할머니! 할머니는 자식들 자랑만 하셔도 배부르시겠지만 저는 아니라고요.'

한참을 말씀하시던 할머니께서 갑자기 나를 보며 놀라서 말했다.

"아이구, 내가 물 한잔도 안 주고……."

"할머니, 육개장 시켜 주신다면서요."

"아, 싸리골!"

"예."

"그 집 내외가 아주 열심히 살아."

"할머니, 그 얘기는 지난번에 들었고요. 육개장 빨리 시키시죠."

"그 집은 다른 것도 맛있어. 우리 어멈도 그 집 잘 가고, 내 부산 친구들도 오면 그 집에서……."

"빨리 먹어 봐요. 시켜 놓고 이야기하시죠."

"난 입병이 나서 매운 걸 잘 못 먹어."

'이게 뭐야. 나 오늘 중으로 점심 먹을 수 있는 거야?'

"그러면 어쩌죠? 지난번에 육개장 시켜 주신다더니……."

"안 매운 육개장 시키면 되지."

"예! 그러면 되겠네요."

우리는 그렇게 안 매운 육개장 두 그릇을 시켜서 식탁 앞에 마주 앉아 먹기 시작했다. 난 정신없이 먹었고, 할머니는 드시면서도 계속 자식들 자랑이셨다. 나는 먹으며 속으로 앞으로 몇 번은 더 자식들 이야기를 들어야 그 다음에 다른 이야기가 나올 것 같다는 생각에 실컷 자식 자랑을 하시게 했고, 가끔 맞장구도 쳐 주고 감탄도 해 드렸다. 실컷 하셔야 속도 시원하고 다음에 또 똑같은 이야기를 안 꺼내실 것 같아서였다.

그렇게 식사를 마치고 같이 뒷정리를 하는데 할머니가 싱크대 앞에서 이렇게 말씀하셨다.

"나 몇 년 전에 이 자리에서 주저앉았어."

"왜요?"

"디스크였어. 그래서 그때 수술했는데 지금도 시원치가

않아."

"그러셨어요?"

"우리 애들이 많이 놀랐지. 지금도 그렇지만 난 그때도
우리 아들 며느리 밥해 먹였거든."

"예?"

"이 집엔 우리 작은아들이랑 나랑 둘이 살아요. 작은며
느리랑 손녀딸 둘은 유학을 갔어. 기러기 아빠지. 그리고
위층에는 큰아들 내외가 사는데, 내가 다 해 놓고 내려와
서 먹으라고 하면 내려와서 먹어요."

"엥? 그게 뭐예요?"

"나 그렇게 살아요."

"며느님이 싫어하지 않아요?"

"우리 며느리는 좋아해요. 워낙 바쁘거든. 그리고 말이
며느리지, 딸이야 딸. 사람들은 나보고 딸이 없어서 서운
하겠다고 하는데 나는 안 그래. 며느리가 다른 집 딸보다
더 잘해. 얼마나 마음이 예쁘고 착한지 몰라. 옷이랑 반지
이거 다 우리 며느리가 사다 준 거야. 다른 집 며느리들은

시어머니랑 목욕 안 간다고 하데? 우리 큰며느리는 시집 온 지 석 달도 안 돼서 나를 데리고 목욕탕에 가서 때를 밀어 주더라고. 우리 며느리 최고야. 딸보다 더 좋은 며느리야. 진짜야."

나는 못된 여자인가 보다. 아니, 며느리 자랑하며 딸보다 더 좋은 며느리라고, 진짜라고 말씀하시면, 그냥 그러시냐고 하면 될 걸 왜 기분이 찝찝해지면서 뭔가 이상한 냄새가 난다고 생각하는지. 내가 '못된' 며느리여서 그런가? 세상에 과연 딸보다 더 좋은 며느리가 있을까? 세상에 과연 친정엄마보다 더 좋은 시어머니가 있을까?

있겠지. 있을 거야. 그런데 중요한 건, 내 주변에서는 본 적도 없고 들은 적도 없다는 것이다. '못된' 며느리인 내 주변에는 딱 나 정도의, 그냥 나만큼의 며느리 노릇 하는 여자들이 더 많아서인지 자꾸 며느리 자랑을 하시는 할머니가 좀 뭔가 '수상해' 보여서 영 마음이 개운치가 않았다.

문득 얼마 전에 본 〈엘리자벳〉이라는 뮤지컬이 생각났

다. 그 작품은 비극에 가까운 작품이었다. 그런데 나는 그 작품의 진지한 내용과는 상관없이 보는 내내 자꾸 웃음이 나오는 거였다. 이유는 간단했다. '동양이나 서양이나, 왕족들이나 서민들이나, 이놈의 고부 갈등이 문제구나' 하는 생각 때문이었다.

나도 며느리였던 여자다. 여자들끼리 모이면 그런 이야기를 자주 한다. 시어머니는 어쩔 수 없는 시어머니고, 딸 같은 며느리라고 해도 어디까지나 '같은'이지 딸이 될 수는 없는 거라고.

새댁이 시어머니랑 같이 목욕을 갔다? 그건 그럴 수 있다고 치자. 그런데 며느리는 위층에, 시어머니는 아래층에 산다? 그래, 막장 드라마라고 치고, 그것도 그럴 수 있다 치자. 그런데 며느리네 아래층에 살며 여든다섯 살 먹은 시어머니가 쉰이 넘은 며느리한테 밥을 해 준다고? 이걸 어떻게 해석해야 하나? 그냥 곧이곧대로 고부 관계가 좋아서라고? 정말?

아, 대한민국의 며느리들은 과연 이 사실을 어떻게 받

아들일까? '길 가는 며느리 100명에게 물었습니다', 반대로 '찜질방에서 몸을 지지고 계시는 시어머니 100분에게 물었습니다'라고 해보자. 과연 뭐라고 대답할까?

내가 나쁜 사람인가? 왜 이렇게 이해를 못 하겠지? 너무 특이한 상황인 것이다. 그러면서 한편으로는 조심스럽긴 하지만 이 이야기는 할머니가 아니라 며느리에게 들어보고 싶었다. 내 상식으로는 아예 같이 사는 거라면 몰라도(세상 며느리 중에 시어머니랑 같이 살겠다는 며느리가 몇 명이나 될지는 모르겠지만) 아래위층에 살면서 쉰이 넘은 아들 내외에게 밥을 해 먹인다는 여든다섯의 시어머니를 내 상식으로는 도대체 해석할 수가 없었기 때문이다.

"할머니, 며느님이 좋아할 것 같지 않은데. 불편해하지 않아요? 아드님은 또 그런 모습 보면서 아무 말씀 안 하시고요?"

"아니, 모두들 난리였지. 며느리도 싫다고 했고, 아들도 말렸고. 그런데 이젠 포기했어. 어머니 좋으실 대로 하래.

내 친구들도 나보고 미쳤다고, 가만히 앉아서 며느리가 해 주는 밥이나 얻어먹지, 나이 들어서 힘도 없고 여기저기 아픈데 사서 고생을 하냐고……."

"그러게요. 저도 좀 이상한데요. 그러는 것도 즐거워서 하시는 거예요?"

"그렇다고 봐야지."

"그런 것도 아니고, 아닌 것도 아니고, 그렇다고 보는 건 뭐예요?"

"나는 우리 아들들이 세상에서 제일 좋아. 잘 커 줘서 고맙고, 이 엄마의 자랑거리가 돼 줘서 기특하고. 나는 우리 아들들 정말 업어 주고 싶어. 요새는 힘이 없어서 업어 주는 시늉만 하지만, 진짜 업어 주고 싶을 정도로 예쁘고 소중하고 감사하지."

"세상 어머니들은 다 당신 자식들 사랑하고 소중해하시죠."

"당연하지. 그런데 왜 어떤 게 진짜 내 자식 위하는 길인지는 모르는 거야?"

"예? 다 자식 위해서 희생하고 사시잖아요."

"그러면 끝까지 그렇게 살아야지. 내가 왜 이 나이에 아들 며느리 밥해 주는 줄 알아? 내 아들 편하라고. 내가 사랑하는 우리 아들 맘 편히 일하라고 그러는 거예요. 우리 어멈이 바쁘거든. 저녁에 퇴근해서 식사 준비하려면 얼마나 지치고 힘들겠어. 나는 하루 종일 집에 있는 사람이고. 내가 우리 며느리 편하게 해 주고 아끼고 위해 주면 그게 어디로 가겠어. 우리 아들한테 가지. 내가 까탈 부리고 며느리 힘들게 해봐. 그 화풀이를 우리 아들한테 할 것 아냐. '내가 우리 며느리 위하고 잘해 주면 며느리가 우리 아들한테 잘하겠지' 하고 나는 며느리를 위해 주고 싶은 거야. 솔직히 남의 집 딸이 다 내 맘에 들겠어? 그래도 내 아들 편하라고 난 밥해 먹이는 거예요."

세상 엄마의 자식 사랑하는 마음은 대체 어느 정도의 깊이일까? 자식들은 엄마의 그 사랑을 대충이라도 가늠할 수 있는 걸까? 나도 매일매일 우리 아이들을 물고 빨고 '사랑해 사랑해'를 노래인 줄 알고 불러 대지만, 정작 나를 그렇게 키웠을 우리 엄마에 대한 사랑은 생각해 본 적이 없다. 자식은 내리사랑이라고 하던데, 과연 나의 아이들은 내 사랑의 깊이를 어느 정도나 알고 있을지…….

여자는 결혼해서 애 낳고 키워 봐야 엄마의 마음을 안다더니, 내가 자식을 키우면서 친정엄마를 이해하고 더 잘하게 된 것은 사실이다. 살아 볼수록 엄마의 마음을 알겠고, 그 사랑이 얼마나 큰지를 이제는 느끼고도 남지만 사실 철없을 때는 엄마의 그런 사랑이 부담스러웠던 적도 있다. 하지만 나이가 들수록 엄마의 사랑을 느낄 때면 눈물부터 난다.

친정엄마가 느닷없이 전화해서 무슨무슨 반찬을 해서 택배로 보냈으니 그리 알라는 전화를 해 오면, 내가 깜짝 놀라서 어떻게 알았냐고, 나 문득 그 음식이 먹고 싶었다고 하면 엄마는 웃으며 이렇게 말씀하신다.

"나는 맨날 내 새끼들만 생각허고 있응게. 아, 이때쯤이믄 우리 새끼가 뭣이 먹고 잡겄다, 이때 나오는 뭣으로 반찬을 허믄 우리 새끼가 참 잘 먹었는디, 뭐 맨날 이런 것만 생각허고 있응게 금방 알제."

엄마는 늘 자식을 사랑하고 생각하는 게 당연하다는 듯 말씀하시곤 했다.

하지만 나는 바쁘다는 핑계로 엄마의 전화를 간단히 끊어버린 적이 많다. 내가 바쁠까 봐 내 생각이 나고 내 목소리가 듣고 싶어도 몇 번씩 망설이느라 전화를 못 한다는 엄마의 이야기도 자주 듣는다. 그럴 때마다 내가 자주 전화할 테니 엄마는 그러지 말라고 해놓고 전화도 자주 안 한다. 엄마가 생각났을 때 바로 전화라도 해보면 좋으련만, 좀 있다 해야지 하고 미루다가 잊고 자는 날도 많고, 며칠씩 전화를 못 하는 때도 많다.

난 가끔 엄마 생각을 하는데, 엄마는 가끔 딴생각을 하고 거의 대부분은 내 생각을 하며 지내는지도 모르겠다. 그걸 우리 엄마는 '짝사랑'이라고, 당신이 나를 짝사랑하고 있다고 표현하신 적도 있었다. 그래서 난 우리 엄마만 그렇게 유별난 줄 알았는데, 세상의 모든 엄마 마음은 다 비슷한가 보다.

내게 5년 전에 허리 수술을 했다고, 얼마 전에 백내장 수술을 했고, 살면서 틀니도 몇 번을 바꿨고, 양쪽 귀는 다 보청기를 낀다며 여기저기 불편한 곳들을 말씀하셨던 김영순 할머니. 여든다섯의 그 연세는 어쩌면 당신의 몸 하나 간수하기도 귀찮고 힘드실지 모른다. 그런 분이 당신이 못하는 것을 며느리가 아들에게 해 주길 바라는 간절한 심정으로 조금이라도 며느리를 편하게 해 주려고 그 연세에 아들 내외의 식사 준비를 하신단다(며느님이 정말 마음이 편하고, 고마워만 할지는 알 수 없다). 업어 주고 싶을 정도로 예쁘고 소중한 아들을 위해……

같은 자리, 다른 기억

엄마는 늘 나한테 못 해 줬던 것만 이야기하는데,
나는 이상하게 엄마가 나한테 못 해 준 기억은 별로 안 난다.
엄마가 나한테 잘해 줬던 기억,
엄마가 나 때문에 고생했던 기억만 나서
가끔 혼자 눈물지을 때도 있다.

"내가 이 이야기는 꼭 하고 싶었어."

내가 현관문을 열고 들어서자마자 내 손을 잡아끌어 소파에 앉히고는 바로 이야기를 시작하신다.

나는 가방이라도 내려놓고 숨 좀 돌리고 하고 싶었지만, 그래도 내게 들려주려고 기억을 더듬어 이야기를 준비하고 나를 기다리셨을 할머니를 생각하니 마음이 짠해서, 기쁘게 무슨 말씀이냐고 물었다. 그랬더니 준비해 놓은 이야기를 줄줄줄 풀어 놓으신다. 또 큰아들 이야기다.

오늘이 세 번째 데이트인데, 할머니는 계속 당신의 기쁨이고 자랑인 큰아들 이야기만 하신다. 내가 다른 이야기가 듣고 싶어서 말을 돌리면, 잠깐 다른 이야기를 하는 것 같다가 다시 큰아들 이야기로 돌아온다. 어쩌면 이 할머니에게는 큰아들이 큰 기쁨이고 자랑이기에, 또 그 아들이 기대에 어긋나지 않고 잘 자라서 사회에서 제 몫을 하고 있기에 큰아들 이야기를 할 때가 제일 기쁘고, 인생을 돌아볼 때 큰아들을 키웠던 기억이 제일 행복해서 계속 큰아들에 대한 기억만 더듬고, 그 이야기만 하고 싶어 하시는지도 모르겠다.

"할머니, 큰아들 이야기 말고 할아버지 이야기 좀 해 주세요. 할아버지랑 사이는 어떠셨어요?"

"내가 워낙 약해서 나보고 맨날 '죽지 마' 소리하고 '사랑해' 소리는 달고 살았지."

"그리고요?"

"얼마나 정신력이 강한지, 암에 걸렸을 때 병원에서 3개월밖에 못 산다고 했는데 9년을 살다 갔어. 아들에 대한 꿈으로, 그 정신력으로 버틴 거지. 우리 아들이 1983년 9월 1일에 검사 임관을 했는데, 애들 아버지가 그거 보고 9월 23일에 죽었으니까."

"아니, 그런 것 말고 할아버지랑 재미있었던 일 같은 것 없었어요?"

"왜 없어. 애들 아버지가 우리 큰아들 책을 사다 줬지. 아들이 '아버지, 오늘 무슨 책을 봐야 합니다' 하면 광화문에 있는 법전 파는 서점에 가서⋯⋯. 지금 생각하면 참 기막힌데, 그때는 돈이 없어도 외상으로 책을 주던 시대였어. 애아버지가 우리 아들이 봐야 할 책을 다 사 나르셨어요."

"아니 그런 이야기 말고, 살면서 부부가 겪은, 뭐 좀 애 틋한 이야기여도 좋고, 할아버지에 대한 좀 마음 아프거나 안타까운 기억이나 뭐 그런 거요."

"한번은 우리 작은아들이 아침 일찍부터 나가서 안 들어오는 거야. 큰아들은 어려서부터 한 번도 속을 안 썩였는데 작은아들은 좀 달랐거든. 그래서 내가 큰아들이랑 같이 작은아들을 찾아 나섰지. 그런데 이 녀석이 동네 애들 꾐에 빠져서 다른 동네에 가서 아이스께끼 장사를 하고 있더라고. 어찌나 속상하던지."

"그게 왜 속상하셨어요?"

"공부를 해야 할 텐데, 누가 저보고 아이스께끼 팔아서 돈 벌어 오라고 했나. 그 길로 작은아들을 끌고 와서 앉혀 놓고, 너무 화가 나서 쇠꼬챙이 옷걸이로 막 때렸어요. 그런데 그게 어떻게 머리에 맞으면서 피가 철철 나더라고요. 모두 놀랐지. 그때 애들 아버지가 딱 한 말씀 하시네. '다 내 죄다.' 그 말 한마디에 우리 네 식구가 전부 입을 다물고 말았지. 애들이라면 아주 끔찍하신 양반이었어요."

"아니 할머니, 두 분 이야기는 없어요? 나이 차이가 열 살이나 났으면 되게 사랑받으셨을 것 같은데."

"받았지."

"어떻게요? 그 이야기 좀 해 주세요."

"크리스마스 때는 그 시절에도 케이크 사 가지고 들어오고, 애들 채소 많이 먹여야 된다고 일일이 챙기고. 우리는 애들을 이름 안 부르고 '1호, 2호'라고 불렀어."

맙소사! 내가 무슨 이야기를 해도 다 아들들 이야기로 돌아왔다. 할아버지에 대한 기억들조차도 아들들을 **빼면** 생각나는 게 없다는 건가.

나는 다시 말을 돌렸다.

"할머니 처녀 때는 어땠어요?"

"신문도 정치면만 봤어요."

역시 자식 이야기가 아닌 것은 짧았다.

"형제는요?"

"오남매 중 둘째."

"할머니 형제분들은 다 살아 계세요?"

"그럼."

"다들 어디 사세요?"

"큰언니는 워싱턴, 바로 밑에 남동생은 답십리, 그 밑에 남동생은 안양, 맨 막내 여동생은 돈암동."

"다들 사이는 어떠세요?"

"잘들 지내요."

도대체 자식 이야기 빼고는 흥미가 없으신 듯했다. 그래서 나도 마음을 놓기로 했다.

'그래, 자식 키우던 때를 제일 행복하게 기억하고 그 이
야기를 제일 신나게 하는데, 실컷 하시게 하자.'

역시나 할머니는 자식 키우던 때 이야기는 신나서 숫자
하나 틀리지 않고 관계된 사람 이름도 다 기억해내며 이야
기하셨다.

큰아들이 초등학교 5학년이었을 때, 여름방학을 맞아
서울 언니네 집에 놀러 갔다. 그때 경기고등학교에 보내고
싶은 마음에 김영순은 서울에 눌러 살기로 결심했다. 시
부모님을 모시고 딸 셋과 유복자인 아들을 하나 키우는
언니 집에서 곁방살이를 시작한 것이다.

돈은 없지, 남편도 없는 언니가 시어른들 모시며 사는
집에 얹혀살려니 그 눈치가 보통이 아니었다. 그래도 아
들들 좋은 학교에서 공부시켜 보겠다는 욕심으로 버텼다.

돈은 없었으니 최선을 다해서 언니네 집 일을 도우며 지냈다. 그곳에서 큰아들이 초등학교를 졸업하고, 장위동에 있는 남대문중학교에 가게 되었다. 그 무렵 중학교 등록금이 2만 원이었는데, 등록금은 어떻게든 만들어서 냈는데 교과서 값이 없었다. 당시 철없던 큰아들은 매일매일 엄마에게 와서 책값 냈냐고 물었고, 어머니는 냈으니 걱정 말라고 아들을 안심시켜 놓고 책값을 구하러 다녔다.

하루는 아들이 아무래도 이상했던지 엄마에게 책값 낸 영수증을 보여 달라고 했다. 엄마는 핸드백 안에 영수증이 있다고 또 거짓말을 하고 피했다. 그렇게 몇 번의 거짓말을 하고, 또 주변에 책값을 구해 보려고 아쉬운 소리를 하고 다녔지만 결국 책값은 구하지 못했다. 그리고 반편성고사를 치르는 날 엄마는 반편성고사를 치르러 가는 아들을 따라 무거운 마음으로 학교에 갔는데, 교실 문 앞에 책값을 낸 학생들은 영수증을 가지고 와서 책을 받아 가라는 안내문이 붙어 있었다.

아들이 흥분된 얼굴로 엄마에게 말했다.

"엄마, 나 시험 보고 나올 테니까 엄마가 가서 책 찾아놔요. 영수증 있지?"

"그럼 있지. 걱정 말고 시험 잘 보고 와."

엄마는 웃으며 이야기했지만 한숨이 나왔다.

'책값을 냈어야 영수증이 있지.'

그러나 아들은 어머니의 핸드백 안에 영수증이 있다고만 찰떡같이 믿고 새 책을 받는다는 기쁨에 좋아라 교실로 뛰어 들어갔다.

걱정이 태산 같던 어머니는 그 자리에서 또 한 번 결심을 했다.

'내 새끼 공부시키는 일인데 부끄러울 게 뭐 있나.'

엄마는 그 길로 안면이 좀 있던 교감 선생님을 찾아갔다.

"교감 선생님, 우리 아들이 나한테 책을 받아 놓고 기다리라고 하고 시험을 치러 들어갔습니다. 그런데 나중에 나와서 내가 돈이 없어서 책값을 못 내서 책을 못 찾았다고 하면 공부 안 한다고 할 성격이니, 제발 책 좀 외상으로 주시길 부탁드립니다."

교감 선생님도 난감해하며 교과서를 외상으로 달라는 사람은 한 번도 없었다고 하더니, 어머니와 함께 교과서를 배부하는 곳에 가서 담당 선생님에게 중1 교과서 열여섯 권을 받아다 주셨다. 그때 그 교과서를 받아 든 어머니는 그렇게 기쁘고 배가 부를 수가 없었다. 아들이 배울 교과서가 품 안에 있었으니까. 책을 살 돈이 없어서 여기저기 아쉬운 소리를 하고 다니고, 결국은 그걸 못 구해서 외상으로 받아 든 아들의 중1 교과서.

그 후 그들은 언니네 집을 나와서 큰아들의 학교가 있는 장위동으로 이사를 했다.

■ ■ ■

그런데 이렇게 마음을 놓고 이야기를 듣다 보니 다른 생각이 드는 것이었다.

'과연 그 아들들은 이런 어머니가 좋았을까?'

중학생 아들의 반편성고사 날까지 따라가서 교실 밖에서 기다리는 어머니라……. 요즘으로 말하자면 치맛바람도 보통 치맛바람이 아니요, 극성스럽다고까지 할 만한데, 어머니는 그렇다 치고 '당하는' 자식들은 그것이 마냥 좋지만은 않았을 것 같았다. 친구들이나 다른 학부모, 또는 선생님 눈에는 이런 어머니가 어떻게 보였을까?

또 아들들이 초등학교에 다니던 때는 도시락을 싸던 시절이었는데, 할머니는 도시락을 아침에 아들 손에 들려 보내지 않고, 점심시간에 맞춰 따뜻한 밥을 해서 싸다 주셨다고 한다. 작은아들은 절대 싫다고 해서 안 했지만 큰아들은 별말이 없어서 몇 년을 그렇게 하셨단다.

그래서 그 몇 년은 이 할머니가 하루에 학교에 세 번씩 다녔다고 한다. 아침에 아들 손 잡고 학교에 데려다 주느라 한 번, 데려다 주고 집에 와서 점심 준비해서 도시락 싸서 점심시간에 맞춰 갖다 주느라 또 한 번, 도시락 갖다 주고 집에 와서 잠깐 딴 일 하다가 하교 때 아들 데리러 또 한 번.

솔직히 나는 말만 들어도 숨이 막혔다. 내가 엄마 입장에서 생각해도 나는 그렇게 못할 것 같았고, 내가 자식 입장이어도 너무 숨 막히고 싫을 것 같았다. 그런데 그 일을 몇 년을 하셨단다. 작은아들은 일지감치 싫다고 반항을 한 상태였으니 말할 것 없지만, 큰아들은 그때 대체 어떤 생각이었을까?

그렇게 그날도 두 아들 키운 이야기(대부분 큰아들 중심 이야기)만 잔뜩 들었다. 나는 자식 키운 이야기만 계속 반복하는 할머니의 이야기에 조금씩 싫증이 나기 시작했다. 내가 처음에 호기심을 가졌던 여자로서 인생 이야기는 나오지도 않고, 계속 자식 이야기만 할 뿐 다른 이야기로 유도를 해도 다시 제자리로 돌아가 버리기만 하니……

우리 엄마가 우리 키운 이야기를 하면 나는 "엄마, 그 이야기 열 번도 더 들었어. 그만해. 그 구질구질한 이야기가 뭐 좋다고 엄마는 맨날 나만 보면 그 얘기야" 하며 짜증을 냈는데……

나는 우리 엄마 생각이 나서 할머니의 이야기를 잘 들어 드리려고 노력은 했지만 흥미는 별로 생기지 않았다.

그리고 며칠 후, 나는 다른 볼일 때문에 할머니의 큰아드님과 점심을 먹게 되었다(원래 그 아드님과 나는 아는 사이였다). 자연스럽게 할머니에게 들었던 과거의 이야기를 하며 식사를 하는데, 나는 깜짝깜짝 놀랐다. 같은 상황을 어머니와 아들이 다르게 이해하고 있는 것이 아닌가.

"어머니가 참 대단하세요. 아들을 경기고등학교에 보내려고 초등학교 5학년 여름방학 때 서울로 올라오셨다면서요?"

"아휴, 아니에요. 4학년 때 아버지 사업 실패하고 어렵게 살다가 결국 야반도주한 거예요. 못 살고 쫓겨서 도망 온 거죠."

"어! 좋은 학교 보내려고 이모님 집에 얹혀살면서……."

"그러면 학교를 보냈어야죠. 전학 서류를 뗄 수가 없어서 전학을 못 시켜서 나는 5학년 2학기가 없어요. 그 다음에 6학년으로 들어갔죠. 5학년 2학기 때는 내 동생하고 나하고 학교 안 가고 동네에서 놀았다니까. 도망 와서 그런 거예요, 도망 와서."

"그래요?"

"서울 와서도 얼마나 힘들게 살았는데요. 오죽하면 내 동생이 아이스께끼 장사를 다 했다니까요."

"아, 그 이야기도 들었어요. 동생분이 동네 애들 꾐에 빠져서 아이스께끼 통 매고 딴 동네 가서 장사하는 것 잡아 오셨다고."

"우리 어머니가 그렇게 말씀하세요? 허허허……. 우리 엄마가 옛날 일이라 좀 미화시키는 건가? 꾐에 빠지긴 누가……. 가난해서, 돈이 없어서 내 동생이 한 거예요. 신문도 돌리고. 옛날부터 내 동생은 생활력이 강했거든요. 나랑은 많이 달랐어요."

"그래요? 그러면 초등학교 때 어머니가 몇 년씩 도시락 싸 나르신 건요? 동생은 싫다고 해서 큰아드님만 싸다 주셨다고 하던데."

"내 동생은 싫다고 난리였죠. 그런데 난 그럴 수가 없었어요. 엄마 속상하실까 봐."

"친구들이 안 놀렸어요? 내 생각엔 다른 학부모들이 좀 욕도 했을 것 같은데……."

"할 수 없지 어떡해요. 우리 어머니, 무서운 분이시거든요."

■　■　■

부부가 살다 보면 이해 안 되는 별별 일들이 다 있는데 그중에서도 부부 싸움이 특히 그렇다. 나중에 생각해 보면 '참 별것 아닌 일로 싸웠구나' 하는 생각이 들 때도 있지만 어떤 때는 한참 이 이야기 저 이야기 끄집어내서 싸우다 보면 이야기가 곁길로 새서 대체 왜 싸우고 있는지 원인을 잘 모를 때도 있다.

그런데 제일 황당한 것은 그 싸움의 해석에 대한 것이다. 분명히 부부 싸움은 부부, 즉 아내와 남편 두 사람이 싸운 것이다. 그런데 싸운 당사자 두 사람에게 따로따로 싸운 이유에 대해서 물어보면 전혀 다른 이야기를 할 때가 있다. 아니 대부분의 경우 그럴 것이다. 분명히 어떤 이유로 치열하게 싸운 부부가 그 부부 싸움 한 이야기를 다른 사람에게 전하는 것을 들어 보면 부부의 이야기가 전혀 다르다는 이 불편한 진실.

대체 이유가 뭘까? 남자와 여자는 쓰는 언어가 달라서? 아니면 남자와 여자는 보기에만 비슷하지 전혀 다른 동물이라서? 이것은 정말 결혼 생활을 해본 부부라면 다들 이상하게 생각하는 문제일 것이고, 속 편하게 살고 싶은 사람들은 대부분 '원래 부부는 그래' 하고 넘겨버리고 살 것이다.

그렇다면 한 가지 상황을 놓고 다르게 기억하고 있는 이 모자의 각기 다른 이야기는 어떻게 받아들여야 하는 걸까? 대체 누구의 말이 맞는 것일까?

그렇다면 이런 기억은 또 뭔가?

가끔 나는 친정엄마와 옛날 이야기를 할 때가 있다. 우리 엄마도 나를 보면 옛날에 나 키우던 때 이야기를 종종 하신다. 어쩜 그리 기억력도 좋은지……. 가끔 옛 이야기를 들으며 웃기도 하고, "그런 건 좀 잊어버리라"고 타박을 할 때도 있다.

그런데 이상한 건 엄마와 내가 똑같이 기억하고 있는 것도 있지만, 대부분 엄마는 내게 못해 줘서 미안했던 것만 기억하고 있는 것이다.

　"그때 이러이러했어야 했는데. 그것도 못 해 준 내가 무슨 에미라고⋯⋯. 그때 생각허믄 너한테 용돈 받기도 미안혀야."

　"그때 니가 울고불고 난리를 치는데도 별수 없드만, 돈이 없응게. 먹고 죽을래도 없고, 보고만 죽을래도 없는 돈을 어쩌겠냐."

　"그때 니가 왜 낳았냐고 울면서 대드는디⋯⋯. 아이고, 내 속이 얼마나 상허든지. 나는 너 히달라는 것 다 히주고 잡었어. 못 히주는 내가 더 맘이 아펐어. 근디 니가 막 움서 대든게⋯⋯. 내가 속상히서 너를 막 빗자락으로 때렸어야. 니가 도망도 안 가고 움서 맞는디⋯⋯. 아이고, 내가 지금도 그때 생각허믄⋯⋯. 에미 노릇도 제대로 못 했다."

　"나는 너한테 암것도 히준 게 없는 사람이여. 밥 멕이고 빨래 히주는 것이야 엄마겐 당연히 허는 것이고, 학교야 넘들이 보낸 게 보낸 것이제 내가 뭘 알고 보냈간디. 다 너그들이 잘히서 이만이나 헌 것이제. 나는 참말로 암것도 안 허고 새끼 키운 에미여. 그러서 너그들 보믄 늘 미안혀."

엄마가 무슨 노랫가락 흥얼거리듯 옛날 이야기 하며 눈물지을 때면 나는 막 신경질을 내며 제발 좀 잊어버리라고, 그게 뭐 대단한 일이라고 다 지난 일을 그렇게 끼고 곱씹으면서 속상해하냐고 '딸 특유의' 퍼부음질을 했다.

그런데 이상하다. 엄마는 늘 나한테 못 해 줬던 것만 이야기하는데, 나는 이상하게 엄마가 나한테 못 해 준 기억은 별로 안 난다. 엄마가 나한테 잘해 줬던 기억, 엄마가 나 때문에 고생했던 기억만 나서 가끔 혼자 눈물지을 때도 있다.

딸한테 잘해 준 건 하나도 없는 못난 에미라는 엄마. 엄마의 한없는 사랑을 생각만 해도 눈물이 난다는 딸. 이건 또 누구의 말이 맞는 것일까?

글을 안다는 것만으로도

학교에 가 본 적도 없는 우리 엄마.
엄마는 한글을 모르니, 글씨를 대충 그림으로 이해하며
더듬더듬 읽을 정도지 쓰지는 못하신다.
예전에 엄마가 반찬을 해서 머리에 이고 지고
서울에 올 때에는 자라목이 된 엄마 모습이
안쓰러워서 울었다.

날씨가 이상하다. 얼마 전까지만 해도 추워서 침대 시트 밑에 전기장판을 켜고 잤는데, 그러다가 며칠 전에는 이상기온으로 날씨가 더워서 반팔을 입은 사람들이 종종 눈에 띄더니, 어제부터는 또 꾸물꾸물 오늘은 아침부터 비가 엄청나게 쏟아지면서 다시 추워졌다. 아침에 일어나니 비는 오지, 몸은 으슬으슬하지, 밀린 일도 잔뜩이라 심란한데, 거기에 우리 엄마가 '저질러' 놓은 일도 하나 처리해야만 했다.

어제 저녁, 엄마에게서 전화가 걸려 왔다.

"아가, 내가 너 먹으라고 김치를 좀 담어서 보냈어."

"언제?"

"아까 택배로 보냈어야."

"그랬어? 엄마 고생했네. 허리 아픈데 뭐 하러 그랬어?"

"근디……. 아이고, 근디 말이여……."

"뭐?"

"아무려도 주소를 잘못 보낸 것 같어."

"뭔 소리야? 내가 지난번에 적어 준 주소로 안 보냈어?"

"아니 근게 서랍에서 니가 적어 준 주소를 갖고 갔는
디……. 이놈저놈 여러 개 있다 본게……, 나는 여의도 글
씨만 보고……. 아무리 생각해도 옛날 집 주소를 갖고 간
것 같여."

"내가 못살아. 어쩜 좋아. 어떡해 그럼?"

"근게 어쩌믄 좋겄냐?"

"일단 끊어 봐."

엄마의 전화를 끊고 택배회사에 전화를 해보니, 이미 차가 떠나버려서 자기네도 모르는 일이라고 나보고 알아서 하라고 했다.

학교에 가 본 적도 없는 우리 엄마. 엄마는 한글을 모르니, 글씨를 대충 그림으로 이해하며 더듬더듬 읽을 정도지 쓰지는 못하신다. 예전에 엄마가 반찬을 해서 머리에 이고 지고 서울에 올 때에는 자라목이 된 엄마 모습이 안쓰러워서 울었다. 하지만 택배가 생기면서부터는 내가 주소와 전화번호를 적어 주며 택배를 이용하라고 했고, 그 후 엄마는 택배를 잘 이용했다. 우리는 서로 택배가 있어서 얼마나 좋으냐고 했다.

그런데 이놈의 택배를 이용하기 시작하면서부터는 이제 별별 게 다 배달이 되는 것이었다. 김치와 반찬은 말할 것도 없고, 때때마다 칡즙, 복분자즙, 배즙 등은 물론이고, 쑥개떡, 내가 좋아하는 강냉이 튀밥, 심지어는 내가 잘 먹는다고 상추를 씻어서 비닐봉지에 싸서 쌈장하고 같이 보내기도 했다(택배비가 더 든다).

예전에는 이것저것 먹이고 싶어도 엄마가 가지고 올 수 있는 양에 한계가 있으니 고개가 삐뚤어지게 이고 와서도 '먹을 게 없다', '아이고, 깜빡하고 뭘 안 가져왔다' 하며 아쉬워하던 엄마는 택배를 이용하면서부터는 아주 원도 한도 없이 내게 먹이고 싶은 것, 내가 예전에 좋아했던 것들을 보내시는 것이었다.

그런데 얼마 전 내가 이사를 해서 새로운 주소를 적어 드렸는데, 글씨를 그림으로만 이해하는 엄마가 '여의도'라는 글씨만 알아보고 예전 주소를 가지고 가서 김치를 보내셨나 보다. 그래서 오늘은 또 바쁜 중에도 그 김치를 찾아봐야 했다.

그런데 아침 일찍 엄마한테 또 전화가 왔다.

"아가, 나여."

"응, 왜?"

"내가 애통 터져 죽겠다. 그놈의 김치가 어디로 갔을 거나?"

"그런 걸 뭘 걱정해. 전화번호 있으니까 괜찮을 거야."

"내가 엊저녁 내내 택배회사에 가서 부탁을 혔다. '아이고, 짜잔헌 김치 좀 보냄서 사람 귀찮게 허믄 쓰겄소? 택배 좋은 것이 뭐여? 집 앞까지 갖다 준게 좋은 것인디……. 예? 그놈 김치가 주소를 잘못 찾어가서 서울 시내다 돌아댕김서 익어버리것소. 제발 그놈 좀 찾어서 우리 딸 집에 좀 갖다 주쇼.' 내가 이렇게 사정사정힜는디도 저그들은 모른대여. 어쩔끄나?"

"엄마는 뭘 그렇게까지 해. 김치가 잘못 가 봤자 전에 살던 아파트니 내가 가서 찾아오면 되지."

"비도 오고……. 바쁜 너 고생헐깜시 그러지. 내가 엊저녁 내내 그 걱정 땜시 잠을 못 잤어야."

"아휴 됐어, 그니까 담부터는 김치 담어 보내지 마. 이 사람 저 사람 웬 고생이야? 그 주소 하나를 몰라서 이게 뭐야?"

"근게 말이여. 눈뜬 봉사여. 그거 한 줄을 못 읽은게."

"진짜 답답해. 아니 여의도에 집이 한두 채야? 여의도면 다 우리 집이냐고? 어떻게 그걸 못 읽고……."

"……."

"엄마……. 엄마?"

"근게 이년아, 너는 나처럼 살지 말라고, 눈뜬장님으로 이렇게 답답허니 무시당허지 말라고 너 가르친 거여. 내가 이 답답헌 심정 안게. 나는 못 배웠응게 헐 수 없지만 내 새끼는 이렇게 답답허게, 미련허게 살지 말라고."

아침에 엄마랑 통화를 하고 난 후 미안한 마음과 찝찝한 맘이 뒤엉킨 채 김영순 할머니를 만나러 갔다.

할머니는 나를 보자마자 미리 준비해 두셨던 듯 이 이야기 저 이야기를 꺼내셨고, 나는 이야기를 듣는 내내 엄마 생각에 마음이 무거웠다.

허리 아픈 것도 참고 혼자 애써 김치를 담가 보냈는데, 딸년이 고마워하기는커녕 주소 잘못 보냈다고 짜증만 내니 얼마나 서운하실까? 고생은 고생대로 하고, 싫은 소리만 듣고 만 우리 엄마. 아, 진짜 내 마음은 그런 게 아닌데 나는 왜 맨날 이 모양일까? 우리 엄마에 비하면 김영순 할머니는 얼마나 행복하신 분인가?

김영순 할머니의 친정 부모님은 용인 부자셨다. 아버지
는 김해 김씨, 어머니는 안동 김씨. 뼈대 있는 집안의 부
잣집에서 2남 3녀의 둘째 딸로 태어났다. 아버지는 곡물
업을 비롯한 여러 가지 사업을 하셔서 집은 부유했고, 똑
똑하고 솜씨 좋은 어머니는 좋은 교육과 늘 맛있는 음식
에, 깨끗하고 예쁜 옷을 해 입혀 주셨다.

사윗감을 고르고 골라 큰딸을 시집을 보냈으나, 그 딸
이 스물일곱에 딸 셋과 유복자를 데리고 혼자 된 것에 슬
퍼하고 한탄하시다가 깨어 있는 분들답게 둘째 딸에게는
결혼을 재촉하지 않았다.

그런 부모 밑에서 남부러울 것 없이 살던 처녀 김영순.
신문도 정치면이 제일 재미있어서 정치면만 읽었고, 솜씨
좋은 어머니와 함께 바느질이나 하면서 살다 보니 서른한

살이 되었다. 그 당시 서른한 살은 노처녀도 아주 심각한 노처녀였고, 재취 자리나 선으로 들어올 그런 나이였다. 그러나 그녀나 그녀의 부모는 느긋했고, 특히 어머니는 더 콧대를 세우며 사윗감을 고르셨다.

그러던 중 열 살 위의 일본 유학까지 갔다 와 사업을 하고 있는 부잣집 아들과 선을 보게 되었는데, 그 사람을 딱 본 순간 그 까탈스럽던 어머니가 '어머, 참 애처가 상으로 생겼네' 하셨다. 바로 그게 승낙한다는 의미였던 것이다.

그렇게 서른한 살의 처녀는 마흔한 살의 총각을 만나 결혼을 했고, 바로 아들 둘을 낳아 남부럽지 않게 호강하며 살았다. 1963년 그 격동기에 부산 국제시장에서 밍크 코트를 남편이 사다 줘서 입고 다녔고, 그 당시에 하얀 민소매 원피스를 입고 돌아다녔으니 많은 사람들이 수군거리고 부러워했다. 아이들만 해도 어른 것와 같은 돈을 지불하고 양복점에 가서 빨간 양복을 맞춰 입히고, 다섯 살 때부터 유치원을 보내고 바이올린을 가르쳤다.

몸이 약한 김영순을 위해 점잖은 시어머니는 아이들을

키워 주고 살림도 도와주셨으니 더한 행복이 없었다. 그래서 부산의 사립 초등학교인 동래초등학교에 두 아들을 입학시켰고, 동래초등학교에서 '유명한' 엄마와 아들이 되기도 했다.

그렇게 큰아들이 4학년 때 남편이 사업이 부도나기 전까지는 세상에 부러울 것 없이 살았다.

■ ■ ■

우리 엄마 세대만 해도 남동생을 위해서 공부하는 걸 포기해야 했고, 먹고살기 힘들어 배우는 건 꿈도 못 꾸던 사람들이 많았던가 보다. 우리 엄마도 그중 한 명이었다.

나는 매번 글 모르는 엄마가 답답했다. 나는 어쩜 이리도 못되고 못난 딸이었는지……. 정작 글을 모르는 엄마 자신은 얼마나 더 답답하고 힘들었을까?

예전에 시골에서 글 모르는 할머니들이 모여 앉아 농약 가루를 밀가루인 줄 알고 부침개를 부쳐 나눠 먹고 변을 당했다는 뉴스를 보고 안타깝고 마음이 아팠던 게 그게 남 일이 아니라 우리 엄마의 이야기가 될 수도 있었기 때문이었다.

평생 학교에 가 본 적이 없었기에 자식들 학교에도 무서워서 못 가겠다던 우리 엄마. 학부형 회의나 환경미화 때 학교에 오는 것은 고사하고 비오는 날 우산 가져다 주는 것조차 두려웠다며 '학교'라는 곳이 무서워 그 근처에는 얼씬도 안 했단다(왜, 누가 잡아먹을까 봐?). 어쩌면 엄마의 콤플렉스는 엄마 마음속에 학교라는 거대한 귀신을 담게 했는지 모르겠다.

그런 우리 엄마에 비하면 김영순 할머니는 얼마나 복받으신 분인가. 학교가 두렵기는커녕 늘 학교에 찾아가 아들들 공부하는 것을 확인하고, 선생님을 만나 상담을 하고, 아들들이 불이익을 당하지 않도록 '따지고'…….

내게 그런 얘기를 당당하게 하시는 할머니를 보며 학교가 무섭다던 우리 엄마 생각이 나서 마음이 울적했고, 한편으로는 선생님들이나 다른 학부형들의 눈치깨나 받았겠다는 생각도 들었다. 그래서 내가 물었다.

"할머니, 어디서 그런 용기가 났어요? 저도 자식 키우는 엄마다 보니 아무래도 선생님 앞에서는 고개를 조아리게 되고, 좀 화가 나는 일이 있어도 우리 애한테 피해가 갈까 봐 참게 되던데."

"몰라. 내 자식이 잘하니까 나도 그런 배짱이 생기데."

그러면서 할머니는 깔깔깔 웃으셨다.

우리 엄마는 절대 저 기분 모르겠지? 까막눈인 자신이 너무 답답하고 싫어서 자식들은 죽기 살기로 가르쳤다는 우리 엄마 같은 엄마가 우리나라에 얼마나 많을까? 그런데 나 같은 못된 딸년은 김치 택배 하나 잘못 보냈다고 엄마에게 온갖 짜증은 다 부리고…….

우리 엄마는 또 죽으라고 고생해서 김치를 담아 보내 놓고도 주소를 못 읽어 잘못 보내 놓으니 죄인 같고. 나는 그래서 우리 엄마만 생각하면 뭔지 모르게 늘 마음이 아프고 눈물이 난다.

그런데 엉뚱하게도 그날 집에 돌아와 보니 김치 박스는

얌전히 우리 집 현관에 놓여 있었다. 김치 박스는 아무 문제 없이 제 코스 제대로 밟아서 정읍에서 서울로 보내졌고, 다른 짐들 사이에서 자연스럽게 여의도로 착착 분리되어 주소에 쓰인 대로 우리 집 현관 앞에 도착한 것이다.

마치 '내가 뭘? 무슨 일 있었어?' 하듯 점잖을 떨며 날 기다리고 있는 게 아닌가. 또 한바탕 기쁨 반 놀림 반으로 엄마랑 통화를 하고, 이리저리 알아보니 우리 엄마가 내가 새로 적어 준 주소를 가지고 가서 택배를 보내 놓고는 집에 와서 생각해 보니 아무래도 옛날 주소로 보낸 것 같다고 착각을 한 것이다. 그래서 엄마와 나는 그 소동을 벌인 것이었다.

나는 또 "내가 엄마 때문에 못살아" 하며 웃었고, 엄마는 "아이고, 내가 왜 이런다냐. 근게 늙으믄 죽어야 헌당게" 하셨다.

"죽기는……. 엄마 죽지 마."

엄마 죽으면 난 어쩌라고. 엄마, 제발제발 죽지 마요.

지상 위의 방 한 칸

행복을 나누며 꿈을 키울 수 있는 집.
다 갖춘 집이 아니라 부족한 것을
가족의 사랑과 행복과 꿈으로 채워 갈 수 있는 집.
그런 집이 나중에 추억이라는
소중한 자산으로 남을 것 같다.

1977년 장위동에서 아현동으로 이사를 했다. 큰아들이 서울대학교에 합격을 하면서 마포에 아르바이트 자리가 생겼기 때문에 결심한 일이다. 아현동에서는 서울대 가는 버스도 한 번에 탈 수 있었고, 아르바이트를 하는 마포도 가깝고, 작은아들이 다니는 고등학교에도 한 번에 갈 수 있는 버스가 있어서 좋았다.

　그 집은 산꼭대기에 있는 시영아파트로, 방이 두 개였는데 주인이 방 한 칸을 쓰고 한 칸을 세로 내놓은 것이었다. 그 작은 방 한 칸에서 남편과 대학에 다니는 큰아들, 고등학교에 다니는 작은아들 이렇게 넷이 살았다.

그 집에서 한 3년을 살았는데, 평소에는 순하고 말도 없는 주인집 남자가 술만 취하면 행패를 부리며 방을 비우라고 했다. 돈이 없으니 갈 곳도 없고, 집이 없으니 서럽고 더러워도 그 집에서 꾹 참으며 살아야 했다. 그런데 어느 날부터는 하루가 멀다 하고 행패를 부려 대니 도저히 살 수가 없었다. 그렇다고 뾰족한 수가 있는 것도 아니니 더 막막하고 서럽고, 다 큰 자식들 보기도 미안했다.

그러던 어느 날 남편이 나갔다 들어오더니 한다는 말이, 아파트 한구석에 비워 두고 창고처럼 쓰는 공간이 있는데 그곳에 가서 살면 어떻겠냐는 것이었다.

가 보니 너무 기가 막혀서 아내는 식구들 다 같이 죽었으면 죽었지 여기서는 못살겠다고 했다. 그러나 남편이 이리저리 알아보고 와서 아내를 설득했다.

결국 매일 아파트를 청소해 주는 조건으로 그 빈 공간을 사용하게 되었다. 그곳은 원래 관리사무소로 사용하려던 곳이었으나 쓸모가 없어 비워 둔 곳인데, 작은 방이 하나 있었고 그 앞에 빈 공간이 좀 있었다. 방에는 끈을 매달아 선반을 만들어 책꽂이로 쓸 수 있게 한 다음에 두 아들이 쓰게 했고, 빈 공간에는 마루를 놓아 연탄난로를 피우고 부부가 썼다. 마루를 놓고 남은 빈 공간은 부엌으로 썼다.

참 기가 막히게 궁색하고 성인 넷이 쓰기에는 좁고 답답했지만, 그래도 눈치 볼 주인이 없어서 좋았다.

간단한 짐들을 옮겨 이사를 하고 난 다음 날 아침, 큰아들이 공동 수도에 가서 세수를 하는 것을 보고 남편이 "아이고, 서울대 법대생이 씻을 데가 없어서 공동 수도에서 세수를 하는 게 웬 말이냐"며 호스를 연결하고 쓰레기 더미 속에서 이것저것 주워다가 좁은 부엌 옆에 세면대를 만들었다. 그렇게 해 놓으니 남부러울 것 없이 좋았다.

아들들이 쓰는 방은 그 당시 불을 때는 방이었는데, 남편은 새벽녘에 일어나서 아들들 방에 불을 지펴 주며 행복해했다.

그렇게 집도 아닌 집에서 큰아들은 사시 패스를 했고,

작은아들은 성균관대학교에 입학을 했다.

그리고 그 집에서 암 투병을 하다가 남편이 죽었다. 남들이 보기에는 거지꼴을 겨우 면하고 사는 사람들처럼 보였을지 모르나, 그 집에서 네 식구가 행복했고, 큰일들을 많이 치른 것이다.

남들은 말했다. 그렇게 어렵게 사는데 아들들을 뭐 하러 가르치냐고. 먹고살기도 힘든데 대학을 왜 보내냐고. 남편은 암 투병 중이었고, 집은 아파트의 창고인지 관리사무소인지 모를 곳에서 겨우 바람만 피하며 아내가 삯바느질해서 겨우겨우 먹고 살면서 두 아들은 대학까지 다니고 있었으니…….

그러나 부부는 흔들리지 않았다. 그 가난을 물려주지 않으려면 할 수 없었고, 그런 생활에서 벗어날 수 있는 길은 공부밖에 없다고 생각했다.

그래서 죽기 살기로 가르쳤다. 암 투병 중이던 남편도 열심히 아파트 청소를 했고, 아내는 열심히 재봉틀을 돌려 아들들의 차비와 생활비를 벌었다. 다행히 두 아들들은 사춘기도 잘 넘겼고, 부모의 뜻에 어긋나지 않게 그 열악한 환경에서도 열심히 공부해서 부모를 실망시키지 않았다.

아현동 산꼭대기의 시영아파트 한편에 자리한 관리사무소. 남들이 보기에는 거지꼴을 겨우 면하고 사는 사람들처럼 보였을지 모르나 그 집에서 네 식구가 행복했고, 큰일들을 많이 치른 것이다. 1980년 3월 작은아들이 성균관대학교에 입학했고, 그 이듬해 7월 큰아들이 사시에 합격했다. 그로부터 2년 후 9월 1일 큰아들은 검사에 임관됐고 9월 23일에 남편은 세상을 떠났다. 아파트 청소를 하면서도, 9년 동안 암 투병을 하면서도 큰아들에 대한 기대와 꿈으로 살았던 남편은 큰아들이 검사에 임관해서 받은 첫 월급 42만 원을 마지막 병원비로 내고 세상을 떠난 것이다.

1975년에 신장암 판정을 받은 남편. 병원에서는 3개월밖에 못 산다고 했다. 하지만 남편은 9년을 더 살다가 갔다. 아내는 그것을 정신력이라고 말한다. 그저 아들들에 대한 꿈 하나로 버텼고, 그 정신력이 암과도 싸울 수 있게 했고, 힘을 내서 아파트 청소도 할 수 있게 했다고.

큰아들이 사시에 합격하고 판사 시보를 하던 시절 병원에서 간염 진단을 받았고(그때는 간염에 걸리면 다 죽던 때였다고 한다), 그 진단에 놀란 남편이 땅을 치며 '금자탑이 무너졌다'고 몇 번의 통곡을 했다. 그 후 남편의 몸은 눈에 띄게 나빠졌고, 병원에 가 보니 뇌로 암이 전이되어 다시 일어날 수 없게 되었다.

그렇게 아현동의 그 집에서 큰 일들을 치렀고, 그 후 큰아들이 검사가 된 후 연희동에 있는 보증금 200만 원에 월세 20만 원짜리 아파트를 얻어서 이사를 했다.

그때 아들들은 이렇게 말했다.

"엄마, 나중에 우리가 아무리 넓고 좋은 집으로 이사 간다고 해도 이보다 더 기쁘지는 않을 것 같아."

1988년 나는 서울로 대학을 왔다. 만리동 고개의 산꼭대기 집, 다닥다닥 모여 있는 개미굴 같은 곳에서, 한 울타리 안에 일곱 집이 살았다. 각각 부엌 딸린 방 한 칸에, 수도와 화장실은 일곱 집이 같이 쓰는 집이었다. 시골에서 넓게 넓게 살던 나로서는 상상도 못하던 집이었다. 그게 내가 보고 놀란 서울의 첫 모습이었다.

그 집에서 나는 보증금 50만 원에 월세 7만 5000원씩을 내고 살았다. 어느 날 보면 말이 부엌이지, 간이로 만들어 놓은 부엌에서 연탄을 도둑맞질 않나, 빨래를 해서 방 안에 널어야지 밖에 널었다가는 양말, 손수건, 속옷은 누가 걷어 가는지도 몰랐다. 화장실은 늘 더러웠고, 느긋하게 순서를 기다릴 수 없어서 방방마다 그 좁은 방에 요강은 필수로 두고 살았다. 나도 그 집(아니 그 방?)에서 대학교를 졸업하고, 방송국에 들어갔다.

그 후에도 서울에 내 집이 없으니 열서너 번의 이사를

더 한 것 같은데, 그때마다 내가 느꼈던 것은 '서울에 이렇게 집이 많은데 어쩌면 내가 살 집 한 채가 없을까?' 하며 서러워했던 일이다.

지금은 방 한 칸이 아니라 아이들에게 각각 자기 방을 하나씩 주고 나도 내 서재에 앉아 책도 보고, 글도 쓰면서도 이게 당연한 듯 느끼며 살고 있지만.

김영순 할머니를 만나 그 고단했던 삶과 아현동의 산꼭대기 집 이야기를 듣고 있자니 나도 자연스럽게 내 옛일이 기억 났다.

김영순 할머니가 다 같이 죽어도 이 집에서는 못살겠다던 그 창고 방에서 꿈을 꽃피우고, 제2의 인생을 살 수 있는 밑거름을 다졌다. 그리고 지금은 그곳을 눈물로 그리워하고, 그때의 행복을 추억한다.

나만 그럴까? 김영순 할머니의 이야기를 듣는 동안 나는 계속 가슴이 아팠다. 내가 이사 다녔던 그 열서너 집이 차례로 다 떠오르며, 그 집에서 겪었던, 그리고 이뤘던 일들이 하나하나 생각나는 것이었다.

그중에서도 가장 기억에 남는 집이 있다. 남편이 사업에 실패하고 오갈 데가 없게 된 그때, 우리는 모든 걸 정리해서 24평짜리 아파트에 보증금 1000만 원에 월세 몇 십만 원을 주고 이사를 하게 되었다. 37평 아파트에 살다가 24평 아파트로 이사를 가려니 짐을 다 가져갈 수가 없어서, 버리거나 사람들에게 나눠 주고 정말 딱 필요한 것만 가지고 이사를 했다.

아들은 여섯 살, 딸은 네 살이었다. 남편은 빚을 잔뜩 떠안은 채, 사업은 안 맞는 것 같으니 공부를 해보겠다고 선언한 상태였다. 그러니 빚도, 생활비도 다 내가 책임져야 할 상황이었다.

모르겠다. 지금 생각하면 그 막막한 상황을 어떻게 극복했는지. 지금도 기적 같고, 꿈만 같다. 매일매일 빚 독촉에, 이런저런 스트레스. 남편은 모든 걸 다 끊어 놓고, 공부한다고 학원으로 도서관으로 가버리면 모든 걸 내가 알아서 처리해야 했다. 그때 나는 아마 하루에 눈물 한 바가지, 아니 정말 한 공기쯤은 흘리며 살지 않았을까?

그런데 어떻게 견디며 살았을까? 그건 아이들 때문이었다. 아무것도 모르고 천진하게 웃는 내 새끼들.

아빠, 엄마를 보며 유치원에서 배운 노래를 부르는 그 참새 같은 내 아이들을 울리고 싶지 않았다. 불행하게 하고 싶지 않았다. 잘 키우고 싶었다. 나를 엄마라고 부르는 이 아이들에게 내가 해 줄 수 있는 최선을 다하고 싶었다. 그 힘으로 우리 부부는 그 힘든 상황을 견뎠다.

남편과도 싸우지 않았다. 경제적인 어려움으로 힘들었지만 그럴수록 아이들에게 돈으로 해 줄 수 없는 따뜻한 분위기와 행복한 모습을 기억하게 하고 싶어서 남편도 나도 더 많이 참고, 아이들만 보고 아이들을 위해 살려고 했다. 그랬기 때문에 나는 어쩌면 김영순 할머니의 이야기에 더 공감하고 가슴 아프게 들었는지도 모르겠다.

남들은 내게 결혼을 잘못한 것 같다느니, 저렇게 놀고 있는 남편 때문에 고생이라느니, 뒤에서 별소리를 다 했는지 모르지만……. 그래, 사실 그때 힘들었다. 일일이 기억하지는 못하지만 창피한 일도 많았을 것이고, 자존심 상할 때도 많았을 것이고, 죽고 싶었을 때도 있었던 것 같다. 그러나 나는 지금 그때를 너무나 그리워한다. 김영순 할머니가 눈물을 글썽이며 그때를 행복했던 시절로 추억하듯, 나도 그때가 제일 행복했던 때로 기억된다.

엄마를 세상에서 제일 사랑한다던 내 아이들의 손을 잡고 아빠가 도서관에서 돌아올 시간에 맞춰 버스 정류장에 가서 기다리던 그때. 아빠가 버스에서 내리면 우리 아이들이 마치 세상을 다 가진 듯 소리치며 "아빠다! 우리 아빠다!"라고 하던 그때. 아이들을 보고 양팔을 벌리며 웃던 남편. 그리고 남편의 가방은 내가 들고, 남편은 두 아이들을 양팔에 안은 채 집으로 향하던 그때.

나는 몰랐다. 그때는 그게 행복인 줄.

거실에 요를 펴고, 나는 모기향을 피우고 남편은 욕실에서 아이 둘을 씻겨서 데리고 나와 속옷을 갈아입히고, 머리를 말려 내가 펴 놓은 요에 애들도 눕히고 우리 부부도 누워서 도란도란 이야기하다가 잠들던 그때.

그때 남편은 우리에게 참 많은 것을 약속했다. 나와 아이들을 위해 꼭 해 주고 싶다던 것들. 그래서 더 열심히 공부하겠다던 그 사람. 나는 솔직히 나한테 말 시키는 것도 귀찮았고, 애들하고 킬킬대는 남편이 철딱서니가 없는 것 같아서 밉기도 했는데, 지금 나는 그때를 제일 그리워하고 있다.

누구나 내 집, 좋은 집 갖고 싶은 소원은 다 있으리라. 하지만 어떤 집에 사느냐가 중요한 것이 아니라 그 집에서 누구와 어떤 꿈을 꾸며 사느냐가 더 중요하다.

행복을 나누며 꿈을 키울 수 있는 집, 다 갖춘 집이 아니라 부족한 것을 가족의 사랑과 행복과 꿈으로 채워 갈 수 있는 집. 그런 집이 나중에 추억이라는 소중한 자산으로 남을 것 같다.

한 배에서 나도 아롱이다롱이

부모님들은 자식은 다 똑같이 소중하고,
다 똑같이 예쁘다고 말씀하신다.
그러나 또 옛말에 '한 뱃속에서 나와도 아롱이다롱이다'라는 말도 있다.
같은 부모 사이에서 태어났어도,
피는 물보다 진할 수는 있어도 똑같지 않은 것이 참 신기했다

5월 5일, 뮤지컬 〈친정엄마〉가 대학로에서 첫 공연을 했다. 나는 김영순 할머니를 초대했다. 할머니는 큰 며느리와 막내 남동생과 함께 공연장에 오셨다. 엄마와 딸의 이야기를 쓴 뮤지컬 〈친정엄마〉를 보시며 할머니는 간간히 내 손과 등을 두드려 주셨다. 내용을 공감한다는 뜻이었을 것이다.

아들만 둘을 키우신 할머니는 대체 어떤 면에서 공감을 하셨을까? 할머니의 친정엄마를 생각하신 걸까?

언젠가 할머니에게 딸이 없어서 서운하지 않느냐고 물었

더니 두 며느리가 너무너무 잘해서 딸이 없는 것이 하나도 섭섭하지 않다고 했다. 하지만 내 생각은 그렇지 않다. 나도 우리 엄마의 딸이기도 하고, 예전에는 우리 시어머니의 며느리이기도 했다. 딸은 딸이고 며느리는 며느리지, 어떻게 딸하고 며느리가 같을 수 있을까?

나도 살아 보니 친정엄마와 시어머니가 같을 수 없다는 것을 수도 없이 느꼈다. 세상의 엄마들이 자식 사랑하며 키우는 마음이야 다 같겠지만, 시어머니가 며느리를, 장모가 사위를 대할 때는 한 다리 건너는 것 아닌가. 말로는 다 '결혼하는 순간 내 새끼 된 거다'라고 하지만 그게 어떻게 낳아서 직접 기른 새끼와 어디서 툭 떨어진 새끼와 똑같을 수가 있나. 그러려고 서로 노력들은 하겠지만…….

그렇다면 어디서 툭 떨어진 새끼는 그렇다 치고, 내가 낳은 새끼라도 다 똑같이 예쁘고 귀할까?

옛말에 '열 손가락 깨물어 안 아픈 손가락 없다'고 하며 부모님들은 자식은 다 똑같이 소중하고, 다 똑같이 예쁘다고 말씀하신다. 그러나 또 옛말에 '한 뱃속에서 나와도 아롱이다롱이다'라는 말도 있다. 같은 부모 사이에서 태어났어도, 피는 물보다 진할 수는 있어도 똑같지 않은 것이 참 신기했다.

나도 두 아이를 키우지만 성격이며 식성, 또 좋아하는 것, 잘하는 것이 그렇게 다를 수가 없다.

김영순 할머니도 세 살 터울의 두 아들을 키우셨다. 물론 성격이나 외모가 너무나 다른 두 아들이다. 큰아들은 현재 변호사이고, 작은아들은 건설회사 대표라고 한다.

나는 할머니에게 물었다.

"누가 더 이뻐요?"

"다 내 자식인데 똑같이 예쁘지요."

"에이 할머니, 그런 게 어딨어요. 저도 자식 키워요. 좀 더 정이 가는 자식이 있잖아요."

"누가 더 예쁘다기보다 더 정이 가는 자식은 있지요. 우리 큰애는 지금까지 엄마 말을 한 번도 거역한 적이 없어요."

순간 나는 '며느리가 피곤하겠구나' 하는 생각이 들었다.

"작은아들은 성격이 급하고 나와 의견이 다를 때가 많았지."

이것은 할머니 성격이 무난한 성격이 아니니 짐작이 가는 이야기였다.

"그런데 잘하기는 작은아들이 훨씬 더 잘해."

"의견이 다르다는 건 할머니하고 자주 부딪힌다는 얘긴데, 그게 뭐 잘하는 거예요?"

"잘해, 얼마나 잘한다고."

"어떻게 잘하는데요?"

"겉으로는 때때로 나랑 부딪히지만 진심으로 따뜻하게 마음 쓰는 게 느껴져. 내가 좀 아프기라도 하면 난리를 치며 지 마음고생을 하지."

원래 몸이 약했던 김영순. 그런 그녀를 처음 본 예비 신랑은 '기침만 하면 폐병 환자 같겠다'고 했을 정도였다.

결혼하고 바로 임신을 했는데 워낙 못 먹고 약했던지라, 아기를 낳았는데 아기가 너무 마르고 약해서 배배 꼬

일 정도로 가늘었다. 그 첫아이는 크면서도 워낙 약해서 가족들이 관심을 가질 수밖에 없었다. 또 아이가 워낙 약하기는 했으나, 똑똑하고 눈에 띌 정도로 예쁘게 생겼으니 누구도 안 예뻐할 수 없는 그런 아이가 바로 큰아들이었다.

3년 후 둘째 아들을 낳았는데, 둘째는 태어나기부터 큰아들과는 달랐고, 키워 보니 생김새나 성격도 많이 달랐다. 김영순의 가족들은 두 아들을 이름을 부르지 않고 '1호, 2호'라는 별칭으로 부르며 키웠다. 세심하고 온순했던 1호는 부모에게 말대꾸 한 번 한 적 없이 컸지만, 워낙 활동적이고 강했던 2호는 독립심이 강했다.

두 아들이 유치원에 다닐 때에 매주 수요일은 도시락을 싸 가지고 가는 날이었다. 그러면 매주 수요일에는 아이들은 먼저 유치원에 가고, 엄마가 따뜻한 밥을 해서 시간에 맞춰서 도시락을 갖다 줬는데 1호는 늘 그것에 대해 불만이 없었지만 2호는 어느 날 아침 '도시락을 싸서 자기에게 달라, 엄마가 나중에 가져올 거면 유치원에 안 가겠다'라며 강한 의사 표현을 했다.

그 덕에 2호는 학교에 들어간 후에도 자신의 도시락은 자기가 들고 다녔지만 1호는 엄마가 점심시간에 맞춰 갓 지은 밥을 배달받았다.

그뿐 아니다. 아들의 학교에 따라 이사 다니기는 기본이고, 중·고등학교 때도 수시로 학교에 다니며 아들을 보살폈다. 선생님들도 이 엄마를 모르는 사람이 없었다.

심지어는 대학교까지도 찾아다녔다. 학점 때문에, 또 장학금 때문에도 쫓아다녔지만 그렇게 아들의 학교에 가는 것이 좋았다(나는 이해가 좀 안 되는 이야기다).

어느 날은 남편과 함께 1호가 다니는 서울대학교에 가서 아들을 기다리며 벤치에 앉아 있는데, 벤치 주변에 담배꽁초가 수도 없이 떨어져 있었다. 그걸 본 부부는 열심히 손으로 담배꽁초를 주워서 갖다 버렸다. 남의 입에 닿았던 거라 더럽다는 생각보다는 내 아들과 내 아들의 친구들이 피우던 거라고 생각하니 더럽기보다는 오히려 정겨웠다. 그 꽁초를 주우며 부부는 "여보, 우리 말고는 이

맛을 아무도 모를 거야"라며 웃었다.

그렇게 1호에게는 몸으로나 마음으로나 많은 정성을 쏟 았지만 2호는 그러지 못한 것 같아서 미안했다.

어려서부터 강했던 2호는 부모 몰래 신문 배달을 하기 도 하고, 아이스께끼 장사를 하기도 했다. 초등학교 3학년 때부터 자신의 통장을 만들어 관리하는 등 1호와는 사뭇 다르게 자랐다. 그래서 그랬는지 2호는 1호만큼은 보살핌 을 못 받았다.

김영순은 2호에게 미안한 것이 많다. 그중에서도 제일 미안한 것은 고등학교 때 돈이 없어서 수학여행을 못 보 내준 것이다. 그리고 두 번째로는 1호가 판사 시보 시절 간염에 걸려 병원비가 없을 때 대학 등록금을 냈던 2호가 학교에 가서 울며 매달려서 등록금을 찾아와 형의 병원비 를 내고 자신은 군대에 간 일이다. 그때의 일을 생각하면 지금도 너무 가슴이 아프고 미안하다.

자랄 때도 그러더니 쉰이 넘은 1호와 2호는 지금도 예 전과 같다. 1호는 어머니의 말에 무조건 "예, 예" 하며 순

응하는데, 2호는 자주 부딪힌다.

2호의 아내가 두 아이와 함께 워싱턴에 있어서 기러기 아빠인 2호가 어머니와 5층에 살고 1호의 가족들이 6층에 살고 있는데, 매일 식사 준비를 어머니가 하고 가족들이 모두 5층에서 식사를 하니 다 같이 사는 것이나 다름없이 산다. 김영순은 이렇게 가족이 오순도순 매일매일 얼굴을 보며 사는 것이 큰 행복이고 자랑이고 기쁨이다.

■ ■ ■

할머니는 기쁘게 말씀하셨지만 듣는 나는 어딘지 모르게 좀 답답함이 느껴졌다. 만약 우리 엄마였다면 나는 1호보다는 2호 쪽에 가까웠을 것이다.

아무리 자식이 귀하고 또 유괴 사건이 두려워서 그랬다고는 하나, 초등학교 때 하루에 학교를 세 번씩 찾아오는 엄마. 중·고등학교 때는 물론이고 대학 때까지 학교에 찾아다니는 엄마도 대단하지만, 자식 입장에서는 그게 마냥 편하고 좋지만은 않았을 것 같다. 무서워서, 또는 엄마의 마음을 상하게 하고 싶지 않아서 참고 견딘 아들이라면 그것 또한 금메달 감일 것이다. 나는 엄마로도, 자식으로도 똑같이 못할 것 같다.

그리고 5층에 살며 6층에 사는 아들네 식구들 밥을 해 주는 시어머니도, 6층에 살며 5층에서 밥을 해서 식구들을 먹이려고 기다리는 시어머니가 해 주시는 밥을 먹는 며느리도 과연 행복할까? 그래서 나는 할머니의 이야기보다 둘째아들인 2호와 6층에 살고 있는 큰며느리의 이야기가 더 듣고 싶어졌다. 누구나 입장이 다르니까. 할머니에게는 행복이지만 2호와 큰며느리에게는 스트레스일 수도 있을 것 같았다.

1호는 한 번도 그런 적이 없지만 2호는 종종 반항을 한다고 할머니도 말씀하셨는데, 도대체 어떤 경우에, 어떻게 반항을 하는 것일까? 그것이 궁금해 죽겠는데 그 누구도 그 이야기를 해 주지 않았다. 나도 그냥 여러 가지 상황들을 보면서 짐작만 할 뿐.

그래서 그런지 할머니의 이야기는 1호인 큰아들 이야기

가 대부분이었다. 그것이 자랑이고 행복인 듯했다. 2호에 대한 이야기는 두루뭉술 그냥 좋은 아들이라는 말로 끝이다. 분명 2호 아들에게서 더 드라마틱한 이야기가 많을 것 같은데 말이다.

여자들끼리 앉아서 농담처럼 하는 이야기가 있다. 효자 아들한테 시집가면 여자가 피곤하다는 말이다. 그러니 분명 1호가 그렇게 효자라면 1호의 아내도 뭔가 할 말이 많을 것 같았다. 그런데 도대체 그 이야기를 어디에 가서 누구에게 들어야 하나. 만약 내가 느끼는 이 분위기가 맞다면, 어쩌면 할머니도 내게 다 말하지 못한 마음의 응어리가 있을 것이다.

이럴 때 김영순 할머니에게 딸이 있었다면 얼마나 좋을까? 할머니는 딸이 없어도 좋다고 했지만, 내 생각에는 딸이 있었다면 이 묘한 분위기가 쉽게 해결되었을 것이다. 엄마에게 싫은 소리를 할 수 있는 것도, 또 오빠들이나 올케들에게 잔소리가 아니라 서로 협상을 할 수 있게 다리를 놓을 수 있는 사람도 아마 딸일 것이다. 고집스럽고 강한 시어머니에게 싫은 소리를 했다가 집안 시끄러워지고 부부 싸움 될까 봐 참으며 안으로 쌓고 쌓는 게 며느리라면, 그 마음을 알고(자신도 다른 집에서는 며느리니까) 조율을 할 수 있을 것이라는 이야기다. 때리는 시어미보다 말리는 시누이가 더 밉다는 말은 옛말이다. 요즘은 시누이들이 시어머니와 며느리 사이를 더 가깝게 하기 위해 노력하는 집안이 더 많다.

그런 면에서 김영순 할머니를 처음 만나서부터 느꼈던 어딘지 모르게 강압적이고, 굳게 울타리가 쳐진 분위기의 열쇠는 며느리가 아니라 딸이라는 존재가 갖고 있는 게 아닐까 하는 생각이 들었던 것이다. 강하고 고집스러운 할머니지만 딸에게는 속내를 털어놓으셨을 테고, 그러면 생활이 훨씬 유연해졌을지도 모른다. 며느리는 어디까지나 며느리니까.

딸에게 엄마가 울타리이고 속풀이 상대이듯, 엄마에게 딸도 그런 상대이고 위로자일 텐데. 김영순 할머니는 내게 딸이 없어도 며느리들이 너무 착하고 좋아서 딸 있는 사람들 하나도 안 부럽다고 이야기하지만 아마 그것은 아닐 것 같다.

나는 우리 엄마의 딸이기도 하지만, 중2인 나의 딸의 엄마이기도 하다. 자식을 키워 볼수록 우리 엄마의 마음을 알겠고, 우리 딸이 내게 얼마나 큰 위안인지를 느끼며 산다. 그런 면에서 보면 딸이 없는 엄마는 많이 외로울 거라고 늘 생각했다.

그래서일까? 맨 처음 할머니를 만났을 때 묻지도 않았는데 며느리 자랑을 하시며 딸이 없지만 하나도 서운하지 않다던 그 말이 할머니를 만나 이야기를 들으며 알아 갈수록 내게는 '나도 딸이 있었으면 좋겠다'라는 소리로 들리는 까닭은 뭘까?

당신은 나의 꽃

같이 있는 동안 난 늘 받기만 했지 한 번도 남편에게
꽃 선물을 한 적이 없어서 울었다.
내가 남편에게 처음 한 꽃 선물은
장례식 때의 흰 국화꽃 한 송이였다.
그것이 너무 마음 아파서 울었다.

집으로 꽃다발이 배달되었다. SBS 피디인 후배가 보낸 꽃이었다. '당신은 나의 꽃입니다'라고 쓰인 메모지가 꽃다발 사이에 꽂혀 있었다.

'당신은 나의 꽃.'

얼마나 감동적인 말인가? 정말 내가 누군가의 꽃이 될 수 있을까? 나에게 있어서 꽃은 과연 누구일까?

공연장에서 자주 받는 꽃이 아니라 이런 감동스러운 꽃다발을 받고 보니 생각나는 사람이 있었다. 평소 꽃을 좋아하는 나를 위해 자주 꽃 선물을 했던 남편. 무슨 때가 아니어도 퇴근할 때면 꽃다발을 들고 와 내게 주기도 했고, 회식이라도 있는 날이면 술집을 돌아다니며 꽃을 파는 할머니에게 산 장미꽃 한 송이를 재킷 속주머니에 넣어 와 건네주던 남편. 어떤 때는 장미 꽃송이는 떨어져 나가 버리고 줄기만 꺼내며 황당해했던 적도 있었다.

그러나 남편이 죽고 난 다음 나에게 꽃을 선물하는 사람은 없었다. 나 역시 꽃이 예전처럼 좋기만 하지도 않았다. 그런데 5월 14일, '로즈데이'라며 생각지도 않게 후배가 보내온 꽃다발에 여러 가지 생각이 떠올랐다.

꽃을 좋아하는 아내를 위해 그렇게도 꽃을 사 나르던 남편. 그는 과연 졸업식, 입학식 외에 그 누구에게 그런 감동스러운 꽃을 받아 본 적이 있었을까?

나는 꽃을 보며 한참을 울었다. 언제부턴가 내게 꽃을 사 주는 남편이 없다는 사실을 잊고 살았던 것이 생각나서 울었고, 같이 있는 동안 난 늘 받기만 했지 한 번도 남편에게 꽃 선물을 한 적이 없어서 울었다. 내가 남편에게 처음 한 꽃 선물은 장례식 때의 흰 국화꽃 한 송이였다.

그것이 너무 마음 아파서 울었다.

그 다음 날 나는 후배가 보낸 그 꽃다발을 들고 남편이 잠들어 있는 곤지암으로 갔다. 그리고 그 꽃다발을 그의 앞에 두고 왔다. 살아생전 맨날 받기만 했지 한 번도 꽃 선물을 한 적 없는 나를 반성하며.

그는 그 꽃을 보고 기뻐했을까? 아니면 그 꽃으로 인해서 한 번 더 온 나를 더 반가워했을까? 그가 살아 있었다면 그야말로 내게 '당신이 나의 꽃이야'라고 말해 줬을 텐데……

죽은 사람은 말이 없고, 산 사람은 그 사람과의 추억을 생각하며 다시 서울로 왔다.

그 다음 날 다시 할머니를 만났다. 어제의 일로 마음도 울적하던 터라 할머니에게 은근히 물었다.

"할머니, 할아버지는 어떤 분이셨어요?"

"자상하고 좋은 사람이었지요."

"돈도 못 벌고, 9년간이나 아프시고……. 할머니 고생 많이 시키신 것 같은데 안 미우세요?"

"그 양반이 얼마나 대단한 사람이었는데. 난 오히려 그 양반을 존경하며 살았어."

"어떤 면을요?"

"자식하고 아내, 정말 가정밖에 모르는 사람이었어."

"에이, 다 자기 가족만 알고 사랑하죠 뭐."

"그 양반은 좀 더 특별했지. 또 박식하고 바른 사람이었어요."

"그래도 할머니 고생시켰잖아요."

"그 속은 오죽했겠어. 큰아들 중2 때 신장암 판정을 받았는데 우리가 모두 쉬쉬했지. 그때는 암에 걸리면 다 죽는 줄 알고 환자한테는 다 숨기던 때였어. 그런데 애들 아빠는 그걸 알았던 것 같애. 하긴 9년 동안을 투병하며 방사선 치료를 받는데, 그 영리한 양반이 모른다는 게 더 우습지. 나는 그 양반이 모르는 줄 알았는데 나중에 우리 이웃에 간암 판정을 받고 상심해 있는 사람한테 '나도 암인데 이렇게 산다'고 했다고 해서 내가 깜짝 놀라 '당신 암 아닌데 왜 그 집 가서 암이라고 했어요?' 하니 '그냥 위로

하려고 그랬지. 나도 나 암 아닌 거 알아' 이러더라고. 그 양반은 내가 숨기는 마음을 알고 나나 우리 가족이 상처받지 않게 하려고 일부러 그랬던 거지. 그 영리하고 바른 양반이 그러고 뒤돌아서 혼자 울며 암과 싸웠을 생각을 하니 내가 지금도 맘이 아퍼."

"어쩌자고 할머니 남편이랑 우리 남편은 암에 걸렸을까요. 나도 너무 속상해요."

그리고 그날 오후, 할머니의 남동생이 누님 집에 들르셔서 같이 점심을 먹게 되었다. 그런데 그 동생분 이야기는 너무나 다른 이야기였다.

"우리 누님 참 대단하신 분입니다. 우리 매부라는 사람, 평생을 무능했고, 나중에는 아파서 가족들 고생시키고……. 그런데도 우리 누님은 매부를 한 번도 욕한 적도 흉본 적도 없고, 지금까지도 존경한다고 해요. 그게 교육적으로는 좋았을지 모르나, 아휴 나는 우리 매부 생각하면……."

엥? 이게 무슨 소리인가?

할머니랑 나는 조금 전까지만 해도 서로를 위로하며 죽은 각자의 남편들을 그리워하고, 동병상련으로 가슴을 쓸어 주었는데 이게 웬 반전? 그렇다면 할머니는 혹시 자신의 자존심 때문에 남편 이야기를 내게 미화시켜서 하셨다는 말인가?

간혹 그런 경우가 있다는 이야기를 들은 적이 있다. 연세 많이 드신 어르신들 중에, 죽기 전에 당신의 구질구질했던 삶을 사람들이 자기 식으로 해석하고 이해하며 기억하는 게 싫어서, 혹은 자신이 그렇게 살지 못한 아쉬움 때문에, 살고 싶었던 꿈꾸었던 모습으로 미화시켜서 이야기하며 사람들이 그렇게 믿기를 바라고 자신도 그렇게 살았다고 믿으려고 한다는 말. 어쩌면 김영순 할머니도 자신을 그렇게 힘들게 했던 남편에 대해서 자신이 꿈꾸던 남편으로 사람들이 알고 있기를 바라는 것일까?

난 혼란스러웠고, 좀 배신감도 느꼈다. 나는 솔직했는데 할머니는 그렇지 않았을 수도 있었다는 생각에……. 또 할아버지 이야기뿐만 아니라 다른 이야기들도 미화시켰을 수 있다는 생각에…….

　찜찜한 마음을 계속 가지고 있을 수는 없었다. 그래서 난 외삼촌이 안 계실 때 할머니에게 여쭈었다.

　"할머니, 할머니는 할아버지가 굉장히 존경스럽고 좋은 사람이라고 했는데, 할머니 동생분, 그러니까 그 외삼촌은 그렇게 말씀 안 하시던데요."

　"아무것도 모르는 것들이! 애아버지는 그런 사람 아니에요. 지들하고는 댈래야 댈 수가 없는 사람이야. 애아버지에 대해서 뭘 안다고 함부로 말해. 지들이 뭘 알아서……."

　"이런 일이 여러 번 있으셨나 보네? 왜 이렇게 화를 내세요?"

　"우리 애아버지 그런 사람 아니야."

　"그런 사람이라니요? 어떤 사람요?"

　"휴, 다들 몰라서 그래. 그 양반이랑 나는 비밀이 없었어요. 우린 다 이야기하고 살았지. 그런데 그 속사정을 모르는 사람들이 그 양반을 거짓말쟁이라고 하고 무능하다고 하는데, 그런 것 아니야. 정말 존경받을 만한 사람이었어요. 그 아픈 중에도 관리사무소에 살 때 아파트 청소 다하고, 그 중간중간에 하루 일당 3000원씩 받는 취로 사업도 다니고, 자기가 할 수 있는 일은 다 했어요. 그렇게 해도 안 되는 걸 어떡해."

"그렇게 열심히 사셨는데 왜 할머니 친정 식구들에게는 인정을 못 받으셨을까요?"

"돈 때문이지. 그 양반이 돈을 못 벌었고, 우리가 돈이 없었으니까. 사람들은 인격을 보는 게 아니라 돈으로 사람을 판단하잖아. 어리석지. 그 양반 절대 그런 소리 들을 사람 아니야."

나는 혼란스러웠다.

그 후 잠깐 다시 할머니의 남동생을 잠깐 만날 기회가 있어서 다시 또 그 부분에 대해서 이야기를 하니 그 외삼촌은 또 그러신다.

"나는 누님이 자랄 때부터 결혼할 때, 그리고 그 고생하던 때를 다 옆에서 보았던 사람이에요."

대체 무엇이 진실인지 모르겠다. 할머니가 그렇게 흥분을 하면서까지 할아버지를 감쌌던 이유가 뭔지, 외삼촌은 또 왜 누님이 그렇게 싫어하는 이야기를 내게 하려는 건지, 외삼촌이 진짜 내게 알려 주고 싶은 건 무엇인지…….

하지만 나는 할머니가 이야기하지 않는 것을 일부러 캐물어서 알고 싶지는 않다. 누구에게나 비밀은 있고, 또 자신이 지켜야 할 것이 있다고 생각할 테니까.

중요한 건 할아버지는 죽어서도 참 행복하시겠다는 것이다. 사실이야 어찌됐든 자신을 믿어 주고, 끝까지 감싸주는 아내가 있으니.

"할머니, 참 이상하지. 남들이 볼 때 우리 남편도 능력 있는 마누라 덕에 놀고먹는다는 소리 많이 들었던 사람이거든요. 공부한다고 6년, 위암으로 3년. 나도 옛날 생각하면 어떻게 견뎠나 싶은데, 왜 그런지 남편에 대한 나쁜 기억이 없네. 할머니도 그래요?"

"나 많이 위해 주고, 애들 끔찍이 여기는 좋은 양반이었지."

"우리 남편이나 할아버지나 돈은 못 벌었잖아. 나중에는 아파서 우리 속 썩이고."

"돈이 있다고 다 행복하나? 우린 돈은 없었지만 불행하지 않았어."

"나도. 지금 생각해 봐도 애아빠랑 애들이랑 다 같이 있을 때, 그때가 제일 행복했던 것 같아."

"그럼, 나도 그때가 좋았지. 다시 돌아갈 수 없는 그때가……."

힘들었다. 남들이 왜 남편이 집에서 놀고 있냐는 말도. 여자가 기가 세서 남편이 기를 못 편다는 말도…….

경제적으로 여유롭지는 않았지만 그래도 우리는 불행하지 않았다. 바쁜 나를 위해 남편이 집안일을 도와주고, 애들도 잘 봐줬다. 사업 실패에 빚쟁이들 등쌀, 거기에다 암 투병까지. 참 힘든 시간이었던 것 같다.

분명 이혼하고 싶었던 때도 있었다. 그런데 이상하다.

남편이 죽고 없는 지금 이 시점에 나는 남편이 나를 속상하게 했던 기억이나 남편 때문에 힘들었던 일들이 생각나지 않는다. 이상할 정도로 그 사람과 좋았던 기억, 내게 잘해 줬던 일들, 그리고 내가 못 해 줬던 일들만 생각이 난다. 또 그토록 사랑하는 가족들을 두고 젊은 나이에 혼자 먼 길을 떠나야 했던 그 사람이 불쌍해서 늘 안타깝고 눈물이 난다.

김영순 할머니도 나와 같은 마음일까?

엄마도 소녀였죠

50년이 넘게 그 기억을 가슴속에 묻어 두고,
종종 꺼내어 생각하며 행복해하고
먼저 간 남편을 그리워하며 사는 여자.
85세의 할머니지만 여자였고,
남편에게 사랑받던 그 시절이 그립고,
생각만 해도 행복하고 웃음이 나는 아내였다.

"애들 아버지. 박식했지. 멋쟁이였고……."

"어떻게 멋쟁이였는데요?"

"그냥……, 멋쟁이였어. 1963년이면 그때 참 물자가 귀한 때였는데 나는 남편이 국제시장에서 밍크코트를 10만 원 주고 사 줘서 3만 6000원을 주고 고쳐서 입고 다녔지. 그 때 양복 한 벌 하는 값이 6000원이었으니까 양복 여섯 벌 값을 주고 고쳐 입었을 정도니 뭐."

"그 밍크코트는 지금 어디 있어요?"

"있기는……. 우리 아범 중학교 들어갈 때 2000원에 전

당포에 잡혀 먹었는데, 그러고는 못 찾았지 뭐. 그뿐인가, 그 당시에도 난 민소매 원피스를 입고 다녔어."

"할아버지 때문에요?"

"멋쟁이였다니까요. 자기가 양장점에 가서 다 봐 놓고 날 데리고 가서 맞춰 입혔어. 지금도 생각나. 하얀 원피스인데 가슴 있는 데서부터 장미꽃이 한 송이 크게 이렇게 그려 진 그런 원피스였어. 애들도 나도 그땐 참 호강했지. 사람 들은 크리스마스가 뭔지도 잘 모르던 때에 애들 아버지는 집에 크리스마스트리를 만들고 큰 별을 달았어요. 또 크리 스마스이브에는 열 일 다 제쳐 두고 큰 케이크를 사서 들 고 집에 들어왔지. 그러면 우리 시어머니가 좋아하시며 내 게 와서 '어멈아, 맨날 크리스마스였으면 좋겠다. 아범이 이 렇게 빨리 들어오게' 이러셨어. 그때가 참 좋았는데……."

"시어머니랑 사이는 좋으셨다면서요."

"좋았지. 우리 어머님 난 존경해요. 집 안에 계시면서도 늘 옷차림도 단정하셨고, 우리 내외와 손주들을 얼마나 위하셨는지……. 내가 그때는 몸이 좀 약했거든. 내가 어디 앉으려고만 하면 방석 갖다가 얼른 내 엉덩이 밑에 넣어 주시고, 아들 출근 전에 구두 닦아서 놔 두시고, 손주들한테는 말할 것도 없지. 우리 큰아들 초등학교 때 내가 매일 학교 세 번씩 갔던 거, 매일 점심 도시락 따뜻한 밥해서 들고 날랐던 거, 다 내가 그런 거 아니에요. 우리 시어머니가 그렇게 서두르셔서……."

"그거 극성 아니에요? 아휴, 난 이야기만 들어도 숨 막혀요."

"그게 왜 극성이에요, 사랑이지. 우리 어머니랑 나는 그게 참 좋았어. 내 새끼들 위하는 거니까."

"시어머니랑 할머니랑 좀 뜻이 잘 맞으셨네요."

"우리 어머님이 내가 존경하게끔 하시니까 난 반대할 이유가 없었어요. 그리고……."

"왜요?"

"지금 생각하면 내가 좀 뻔뻔스러웠나 봐. 어머님은 애들 백일만 지나면 데려다 어머님이 재우셨어. 아범 편히 자야 된다고. 그래서 우리 부부도 자연스럽게 어머님 방에서 많은 시간을 보냈지. 그때는 연탄을 땠는데, 어머님 방에는 방 식지 말라고 늘 이불이 깔려 있었어요. 그 따뜻한 이불 밑에 발을 넣고 이야기하고 놀다 보면 졸려요. 그러면 내가 '어머니, 저 애비랑 같이 좀 누울래요' 하면 어머님이 그러라고 하셔. 그럼 나는 남편 팔베개 하고 누워서 그대로 어머님 방에서 잠도 들고 그랬어요. 시어머니 앞에서 젊은 새댁이 참 당돌했지. 그런데 나 그때 참 행복했어요. 나한테 그런 시절이 있었나 싶고……. 지금도 그때를 생각하면 웃음이 나고 행복해요."

30여 년 전에 돌아가신 남편 이야기를 하는 할머니는 행복해 보였다. 주변의 많은 사람들이 남편이 사업에 실패하고, 9년 동안 암 투병을 하며 할머니를 고생시킨 것만 기억하지만, 할머니는 그렇지 않았다.

여자 마음을 모르는 남자들에게 여자들이 우스갯소리로 하는 말이 있다. '여자는 남자가 3개월 잘해 줬던 기억을 갖고 30년을 참고 산다'는 말이다. 하늘의 별도 달도 다 따다 줄 것 같던 연애 시절의 그 잘해 줬던 기억이 힘든 현실의 결혼 생활을 견디게 해 준다는 말일까? 할머니도 신혼 때 그 행복했던 기억들이 힘든 생활들을 견디게 했고, 지금도 그때를 생각하며 웃으셨다.

바느질을 해서 어렵게 두 아들을 키워낸 여든다섯의 김영순 할머니도 처음부터 여든다섯 할머니는 아니었던 것이다. 한때는 그의 어머니의 귀한 딸이었고, 한때는 잘나가는 신여성이었고, 한때는 한 남자의 사랑하는 아내였고, 한때는 토끼 같은 두 아들의 젊은 엄마였던 것이다.

내 작품 중에 뮤지컬 〈친정엄마〉가 있다. 동명의 책이 연극과 뮤지컬이 되었는데, 연극 〈친정엄마〉는 시집간 딸과 친정엄마의 애틋한 이야기로 만들어진 것이고, 뮤지컬 〈친정엄마〉는 시집간 딸과 친정엄마의 이야기에, 친정엄마의 어린 시절과 친정엄마의 꿈, 사랑, 엄마가 아니라 여자로서의 인생에 대한 이야기가 더 추가된 내용이다.

물론 뮤지컬이기 때문에 안무와 음악이 있는데, 나는 음악을 창작하기보다는 우리에게 익숙한 일반 가요곡에 내가 원하는 내용으로 개사를 해서 붙이는 형식으로 했다. 내 생각에는 그것이 우리네 엄마들에게 훨씬 쉽고 친근하게 느껴질 것 같아서였다.

그렇게 해서 제작된 뮤지컬 〈친정엄마〉의 본 막을 여는 곡은 친정엄마와 딸이 같이 부르는 곡으로, 「그리움만 쌓이네」라는 곡에 내가 가사를 써서 붙인 「엄마도 소녀였죠」라는 곡이다.

그 내용을 보자면 이렇다.

엄마 나는 나는 꿈을 꾸는 열여덟 소녀. 서울 가서 가수 될 거야.

딸 아름다운 추억들을 살았다네. 꿈을 꾸는 소녀였다네.

엄마 아, 그 시절 행복했지, 수줍었던 첫사랑. 함께했던 친구들, 꿈 많았던 소녀 시절.

딸 아아, 나는 몰랐죠. 우리 엄마 그 마음을, 아름다운 그 꿈들을……. 아아, 이제야 알았죠. 우리 엄마 그 꿈을, 엄마도 소녀였죠.

나는 정말 어렸을 때는 엄마는 처음에 태어날 때부터 엄마로 태어나는 줄 알았다. 엄마는 처음부터 엄마고 엄마는 늘 내 옆에서 내가 해 달라는 것 해 주는 사람인 줄 아는 못난 딸이었다.

그런데 결혼하고 애를 낳아 보니 엄마를 조금씩 이해하게 되었고, 엄마의 인생을 살펴보게 된 것 같다. 이래서 딸은 시집을 보내야 철이 든다고 했나?

여튼 그런 시간들을 통해 엄마를 이해하고 알게 되었고 『친정엄마』라는 책을 쓰게 되었는데, 참 신기한 게 이렇게 마음을 열고 엄마를 조금씩 이해하기 시작하면서부터는 엄마에 대한 더 많은 것들이 보이기 시작했다. 그건 우리 친정엄마만의 이야기가 아니라 우리네 엄마들의 이야기였던 것이다.

여든다섯의 김영순 할머니. 85년을 살아오면서 얼마나 많은 일을 겪고, 힘든 시간도 많았겠는가. 하지만 우리는 막연히 '그랬을 것이다' '그 시대 엄마들 다 그렇게 살았던 것 아니야?' 하고 생각하고 만다. 하지만 자신들에게는 그 시간들이 얼마나 전설 같고 소중할까?

매번 만날 때마다 잘 키워낸 자식 자랑만 하시던 김영순 할머니. 자식 자랑을 할 때에는 당당했고, 목소리에 힘이 있었다. 이번에 자신의 '뻔뻔스러웠던' 이야기를 하실 때에는 천진하게 웃으며 행복해하셨다.

다시 돌아갈 수 없는 그 시간. 시어머니가 옆에 계셨지만 남편의 팔을 베고 누워 도란도란 이야기하다가 잠들었던 그 시간이 너무 행복하고 좋아서 50년이 넘게 그 기억을 가슴속에 묻어 두고, 종종 꺼내어 생각하며 행복해하고 먼저 간 남편을 그리워하며 사는 여자. 여든다섯의 할머니지만 여자였고, 남편에게 사랑받던 그 시절이 그립고, 생각만 해도 행복하고 웃음이 나는 아내였다.

얼마 전 우리 친정엄마와의 전화 통화도 나를 눈물짓게 했다. 지금도 고향인 전북 정읍에서 살고 계시는 나의 친정엄마는 일흔셋으로 아직은 건강해서 요즘도 일주일에 두 번은 아동복지관에서 봉사 활동을 하신다.

친정엄마와 나는 거의 매일 통화를 하는데, 별 내용 없이 '오늘 별일 없었냐? 어디 아픈 데는 없느냐?' 이런 형식적인 대화가 대부분이다.

그날 밤도 나는 여느 때와 다름없이 친정엄마에게 전화를 했다(참고로 전라도 사람들은 욕이 욕인지 모르고 쓰는 경우가 많다. 특히 나이 드신 분들은 욕을 그저 추임새로 알고 쓰는 것이지 나쁜 말인지, 나쁜 뜻인지 잘 모르고 쓴다).

"여보세요?"

"응, 엄마여."

"엄마 뭔 일 있어? 목소리가 왜 그래?"

"뭔 일 없어. 누웠다가 일났더니 그려."

"오늘은 별일 없었어?"

"그냥 그랬지 뭐."

"오늘 목요일인데 아동복지관은 갔다 왔어?"

"니미 씨벌 것, 나 인자 거그 안 다닐라고."

"왜? 뭔 일 있었어?"

"어떤 뭣 같은 년이 나보고 할머니라고 허잖여. 그리서

135

성질나서 인자 안 다닐라는고만."

"히히⋯⋯. 엄마, 엄마 할머니잖어. 태헌이, 태훈이 할머니 맞잖어."

"야, 내가 갸들 할머니제 그년 할머니냐? 저는 안 늙을 줄 알고? 그냥 좋은 말로 아줌니, 허믄 되지 꼭 나를 할머니라고 불러야 쓰겄어?"

"그래서 신경질 났어?"

"그려. 그리서 나 인자 거그 안 갈라고."

"엄마, 뭐 필요한 것 없어? 로션이랑 스킨은 있어? 화장품 좀 사서 보내 줄까?"

"다 있어."

"입고 싶은 옷 있어? 양산은? 양산 하나 사 줄까?"

"옷 많으믄 뭣허냐? 입고 갈 디도 없는디. 양산은 지난번에 막둥이가 사다 준 놈 있다."

"뭐 필요해. 필요한 것 있으면 말해."

"그믄 구찌베니 안 뻘겋고 화사헌 놈으로 하나 사 줘 봐."

"아, 립스틱?"

"어디 나 댕길라도 분은 안 발라도 입술은 발라야 쓰겄더라."

일흔셋의 우리 엄마. 할머니 소리가 듣기 싫어서 속상해 하며 누워 있다가 딸한테 하소연을 하고 립스틱 하나 사 달라는 우리 엄마. 우리 엄마도 여자였던 것이다. 나는 늘 그것을 잊고 살고 있었다.

누구에게나 비밀은 있다

누구에게나 비밀은 있다.
누구에게나 처한 상황이 있다.
누구에게나 입장 차이도 있다.
하지만 누구나 다 행복해야 한다.
우리는 행복하려면 과연 어떻게 해야 할까?

자신에게는 엄청난 비밀이어서 꼭꼭 숨겨 두었
던 것이 다른 사람이 들어 보면 아무것도 아닌 경우도 있
고, 때로는 그 비밀이 너무 엄청나서 차라리 몰랐더라면
좋았을 그런 비밀도 있다. 누구나 가지고 있는 비밀, 하지
만 세월이 흐르고 나이가 들면 사춘기 때 죽을 만큼 힘들
어하던 고민거리가 생각하기도 유치한 고민이었다는 생각
이 들 때도 있고, 누구에게도 들키고 싶지 않았던 비밀이
어느 날부터인가는 술자리의 안줏거리가 되어 있는 경우
도 종종 있다. 또 죽을 때까지 가슴에 묻고 가고 싶은 비

밀도 있을 것이고, 종류에 따라서는 죽기 전에 꼭 밝히고 상황에 따라서는 오해가 있다면 오해를 풀고 싶은 비밀이 있기도 할 것이다.

5월에는 다른 일들로 인해 할머니를 밖에서 만나기도 하고, 제대로 이야기를 못 나누다가 오랜만에 할머니 댁으로 갔다. 얼마 전 할머니를 밖에서 잠시 만났을 때 정민이 (미국에서 공부하고 있는 손자)가 한국에 와 있다는 이야기를 들었기에 오늘은 그 손자에 대한 이야기를 좀 들어야겠다고 계획하며 갔다.

일단 할머니와 자리를 편하게 잡고 앉았다.

"할머니, 정민이 와서 좋으시죠?"

"좋지."

"할머니, 솔직히 아들이 더 이뻐? 손자가 더 이뻐?"

그러자 할머니로부터 얼른 대답이 안 나왔다.

"할머니는 오로지 할머니 아들만 예쁘죠?"

"아냐, 손자가 더 이뻐."

"에이, 아닌 것 같은데……."

그리고 할머니와 나는 한바탕 웃었다.

"할머니, 오늘은 정민이 이야기 좀 해 줘요."

"무슨 이야기?"

"다들 그러던데요. 손주들이 내 자식보다 더 예쁘다고. 할머니도 손자 정민이가 얼마나 예쁘셨겠어."

"이뻤지. 근데 정민이 생각하면 그 이야기를 안 할 수가 없는데……."

"뭔데요?"

문득 말을 멈추고 나를 빤히 바라보는 할머니의 눈시울이 붉어졌다.

"할머니……, 왜 그러세요?"

"다 지난 일, 이제 와서 말하면 뭐해. 근데 난 그 일이 늘 맘에 걸려. 지금도 그때 일이 생생해. 정민이 생각하면 그 일이 생각나고, 그 일 생각하면 우리 아들한테 그렇게 섭섭할 수가 없어. 지금도 그 생각하면 우리 아들이……."

"할머니……."

"이 이야기 쓰지 말아요. 그냥 들어 주기만 해요."

우리 어멈이 윤아를 낳고 몇 년 지나서 병원에 갔더니 자궁에 큰 혹이 있다고 자궁을 들어내자고 하더래. 그래서 완전히 집안이 난리가 났지. 나는 그때 자궁을 들어내더래도 살기만 하면 된다고 기도를 했어. 근데 세브란스병원의 유명한 박사님이 우리 어멈한테 자궁을 들어내지 말고 그 혹을 치료해 보자고 해서 열심히 병원에 다녔는데, 그러다가 생각지도 않게 어멈이 둘째를 임신한 거야. 집안에 경사가 난 거지. 그래서 우리 윤아랑 정민이가 터울이 많이 지는 거예요.

　아니, 자궁을 들어내야 한다던 어멈이 애기를 가졌고, 또 생각지도 않았던 손자를 낳았으니 내가 얼마나 좋았겠어. 세상을 다 가진 것처럼 기쁘고 좋더라고. 그러니 당연히 이쁠 수밖에……. 그래서 내가 우리 정민이를 많이 봐주고 키웠지.

　그러다가 아범이 발령이 나서 영덕 지청장으로 갔을 때

일이야. 그때 나는 한 달에 서너 번은 영덕엘 갔어. 서울
엔 작은아들이 장가도 안 들고 혼자 있으니까 내가 영덕
에 가서 같이 살 수가 없었고, 영덕은 우리 윤아, 정민이
가 있으니까 보고 싶어서 안 갈 수가 없고. 서울에서 작
은아들이랑 살면서 아주 뻔질나게 영덕을 다녔어.

그런데 그때가 아마 우리 정민이가 두서너 살쯤 돼서
여기저기 돌아다니면 나는 그 뒤를 따라다닐 때야. 현충
일에 맞춰서 내외가 윤아만 데리고 발리 여행을 간다고
해서 내가 영덕에 내려가서 정민이를 보고 있었지. 여행
을 마치고 온 에미가 내 선물이라고 흑진주 목걸이도 사
와서 내 목에 걸어 주고 그날 밤은 웃으며 다 좋았어.

그런데 다음 날 아침에 아범이 출근을 하는데 어멈이
나와 보지도 않고, 아범도 내가 정민이를 데리고 배웅을
하려는데 버릇되니까 나오지 말라며 안 하던 짓을 하더라
고. 내가 공기가 심상치 않다고 생각을 했지.

아범이 나가고 나서 어멈이 나한테 퍼붓기 시작하는
데…… '왜 저 없을 때 제 방에 들어오셔서 장롱을 뒤지

145

신 거예요.' 하면서 소리를 지르는 거야. 그때 어멈 방에 자그마한 4단짜리 서랍장이 있었는데 윗칸에는 속옷도 넣고, 그 밑에는 양말도 넣고, 맨 밑에 칸에는 통장이랑 도장 뭐 이런 것들이 들어 있었던가 봐. 우리 정민이가 그때 놀면서 어멈 방에 들어가서 그 서랍들을 열고 그 안에 들어 있는 것들을 끄집어내면서 놀기에 나는 따라 들어가서 그것들을 다시 주워서 집어넣고 애를 데리고 나왔어.

그런데 어멈이 여행 다녀와서 그 흐트러진 것을 보고 내가 어멈 방을 뒤졌다고 생각했던가 봐. 나한테 큰 소리치는 거야. 어찌나 손발이 떨리던지, 무슨 말을 해야 할지도 모르겠고.

그래서 내가 '내가 뭘 그렇게 잘못했냐? 난 죽도록 고생하면서도 아들 가르치고 검사 만들어서 너한테 바친 죄밖에 없다. 너 나한테 이러면 안 된다'고 했더니, 소리소리 지르며 '다시는 내 방에 들어오지도 말라'며 들어가 버리더라고.

그래서 난 그 길로 내 보퉁이 챙겨서 들고 서울로 왔지.

그런데 아무리 생각해도 분하고 섭섭해서 참을 수가 없더라고. 세상에 태어날 때부터 악하고 나쁜 사람 없다는 것 나 그때 알았어. 상황이 사람을 그렇게 만드는 거더라고. 어멈이 나한테 그렇게 할 거라고는 상상을 못 했지.

■ ■ ■

할머니를 처음 만난 날부터 할머니는 좀 심하다 싶을 정도로 며느리 자랑을 하셨다. 아들만 둘이고 딸이 없지만 며느리들이 다른 집 딸들보다 더 잘한다며, 한 번도 며느리랑 얼굴 붉힌 적 없고, 언성 높여 본 적 없이 너무 잘 지낸다며 나를 볼 때마다 말씀하셨다. 나도 며느리로 살아본 여자라서 좀 이해는 안 됐지만 하도 그렇다고 하니 한편 부럽기도 하고, 또 한편으론 뭔가 좀 부자연스럽다는 느낌이 들기도 했는데 역시나였다.

"할머니, 그 다음은 어떻게 됐어요?"

"도저히 안 되겠어서 서울에 와서 전화를 했지."

"할머니 대단하시다. 먼저 사과하신 거예요?"

"아니, 너 나한테 사과해. 나 너한테 잘못한 것 없어."

역시 시어머니다. 하긴 우리 친정엄마도 나랑 싸우고 나면 먼저 전화해서 미안하다고 하신다. 엄마 미안…….

"그랬더니 어멈이 울면서 죄송하다고 하더라고. 그리고 그 후로 내가 영덕을 안 갔어. 한 달에 서너 번씩 가던 걸. 집안 분란 날까 봐 작은아들한테는 그런 이야기는 안 하고 멀미 나서 못 다니겠다고만 했지."

"할머니, 할머니는 섭섭하실지 모르지만 나는 며느님 입장이 이해돼요. 이런 것 보면 전 아직 젊은가 봐요. 시어머니 입장보다 며느리 입장이 더 이해가 되고 그 상황이 머릿속에 그려져요. 여행 다녀와서 서랍 열어 보니 누가 뒤적거린 흔적이 있으면 얼마나 불쾌하고 찝찝하겠어요. 나도 화날 것 같은데. 물론 며느님이 잘했다는 게 아니고, 할머니가 지금까지 그걸 마음에 두고, 생전 눈물 한 번 안 보이시고 강하게 사셨던 분이 그 일을 떠올리시며 울컥하시는 건 좀……. 20년 전 이야기잖아요."

"난 지금도 그 생각을 하면 괘씸하고 섭섭해."

"에이, 며느님이 딸처럼 잘해서 좋다며? 그럼 그렇게 며느님한테 섭섭한 마음 갖고 있으면서 저한테 거짓말하신 거예요?"

"나 우리 어멈한테 섭섭한 것 없어요. 그리고 우리 어멈 마음 이해도 해."

"좀 전에 괘씸하고 섭섭하다고 하셨잖아요?"

"어멈 말고 아범 말이야."

"예?"

"그날 아침, 아범 표정이 안 좋았거든. 그러면 분명히 어멈하고 뭔 이야기가 있었던 건데, 그때 우리 아들이 '우리 엄마 그런 사람 아니다'라고 어멈한테 이야기하고, 나한테 바로 와서 '엄마 왜 그런 짓을 해서 집사람 맘을 상하게 하냐'고 했더라면 나한테 해명할 기회가 있었을 텐데 우리 아들이 안 그러고 그냥 출근해버려서 난 영문도 모르고 당한 거잖아. 나에 대해서 누구보다도 잘 아는 게 우리 아들인데, 왜 우리 아들이 내 편을 못 들어 주냐고. 나 그게 지금까지도 괘씸하고 섭섭해."

149

"흠……. 할머니, 아내와 시어머니 사이에 있는 남자가 얼마나 난처하고 속상한 일이 많은지 아시죠? 그 상황에 아드님은 그게 최선이었을 거예요. 그걸 지금까지 담아 두시고, 제가 듣기엔 별일 아닌 것 같은데……."

"나한테 출근 전에 왜 그랬냐고 한마디만 했어도 내가 그렇게 영문 모르고 당하지는 않았을 텐데."

"휴, 그게 비밀이었어요?"

"내가 큰애한테 그렇게 한 번 당하고 작은애한테 두 번째로 당한 일이 또 있지."

"워싱턴에 산다는 작은며느님요?"

난 예전부터 그렇게 애들 밥을 해 줬어요. 그때 내가 애들 보러 워싱턴에 갔을 땐데, 그날은 눈이 엄청나게 왔어요. 아침에 일어나서 밥을 앉혀 놓고 보니 눈이 많이 오더라고. 그래서 애들이 오늘 같은 날은 학교에 좀 늦게 가도 되겠구나 싶어서 애들을 좀 늦게 깨웠지.

그랬는데 어멈이 일어나더니 나한테 투덜대는 거야. 애들 머리도 빗겨야 되고, 준비하는 데 시간이 많이 걸리는데 늦게 깨웠다고 그렇게 말다툼이 시작됐는데 결국 어멈이 그동안 쌓였던 거를 막 쏟아 내더라고. 이 이야기, 저 이야기……. 그 이야기들 나 지금도 다 기억해.

그런데 결국 그날 눈이 너무 와서 학교가 쉬었어. 나 그때는 꾹 참고 있다가 한국에 왔어. 그런데 한국에 와서 생각하면 할수록 내가 화가 나더라고. 내가 들었던 이야기를 아무리 생각해 봐도 내가 그런 이야기를 들어야 할 이유가 없더란 말이지.

그러고 있다가 그 후에 작은아들하고 같이 여행 겸 해서 다시 워싱턴에 갔을 때 애비가 뭘 사러 간다고 차를 끌고 나가더라고. 그래서 내가 작은며느리를 불러서 내가 다른 말들은 다 참아도 '누가 입는다고 애들 옷이랑 내 옷은 자꾸 사 오시는지 모르겠다'고 했던 이 말은 못 참겠다고 사과하라고 했지.

우리 손녀 현재, 현진이는 내가 말할 수 없이 귀여워하는 애들이야. 현재가 초등학교 2학년 때인가, 나한테 그러더라고. '할머니 난 가만히 앉아 있으면 할머니 생각이 나요. 아, 우리 할머니는 지금 뭘 하고 계실까? 설거지를 하고 계실까? 신문을 보고 계실까? 막 그런 모습이 떠올라요.' 이러는 애야. 안 이뻐할래야 안 이뻐할 수가 없지. 고작은 것들이 내 생각을 하듯 나도 늘 멀리 떨어져 있어도 그것들 생각이 나거든. 그러면 뭐 해 줄 건 없고. 여기서 예쁜 거 하나라도 보면 사 뒀다가 주고 싶고, 생각날 때마다 이만큼 컸으려나, 저만큼 컸으려나 짐작하면서 예쁜 옷, 좋은 옷 사 뒀다가 기회 있을 때 보내기도 하고 가져가기도 하는데, 그게 그렇게 며느리한테 당할 일인가 싶으니까 화가 나더라고.

그래서 내가 다른 건 다 이해하고 용서하고 넘어가도 그것만은 못 참겠어서 사과하라고 했어. 내가 내 용돈 아껴서 며느리 옷이랑 애들 옷 사다 주면 고마워해야지, 그걸 왜 싫어해? 그랬더니 사과하더라고.

■ ■ ■

"아드님은 뭐라던가요?"

"우리 둘째 아들은 지금까지도 그 사실을 모르지. 그러니까 비밀이야. 아마 그 사실을 알면 어멈과 크게 다툴 것 같아서 말 안하고 지금까지 비밀로 하고 있어."

"그런데 이제 와서 왜 제게 이야기하세요?"

"큰며느리한테 한 번, 작은며느리한테 한 번. 살면서 딱 두 번 당했는데 난 그게 그렇게 마음에 남네."

"할머니, 이 이야기 정말 책에 쓰지 마요?"

"내 비밀이니까요."

"할머니가 그걸 비밀이라고 생각하고 끝까지 가슴에 묻고 가시면 자식들 죄인 만드는 거고, 진짜 그게 큰 사건, 큰 비밀이 돼버리는 거예요. 제 생각에는 이걸 다 자제분들에게 이야기하고, 큰아드님에게 솔직하게 섭섭함도 이야기하시면서 그때 그 상황 다시 해명도 하시고, 또 서로 오해가 있었던 거라면 아드님한테 사과도 받으세요."

153

"애들은 다 잊었을 거야."

"그러니까, 다 잊었을 오래된 이야기를 왜 할머니는 가슴속에 묻어 두고 가끔 꺼내서 상처를 키우냐고? 저한테 이야기하시듯이 솔직하게 이야기하세요. 큰아드님한테 사과받고 싶다고."

"그럼 작은며느리는?"

"할머니, 나는 잘 모르겠지만⋯⋯. 음, 할머니 참 대단하세요. 그걸 지금까지 마음에 담아 두고 계시는 것도 대단하지만, 그때 그 사건을 꿍하고 계시다가 다시 미국에 가셨을 때 그걸 끄집어내서 며느리에게 사과를 받겠다고 하셨다니⋯⋯. 하나를 보면 열을 안다고, 할머니는 잘 모르시겠지만 며느님들은 참 힘들었을 것 같아요. 작은 며느님 편을 드는 것은 아니에요. 하지만 이야기는 양쪽 다 들어 봐야 하는 거니까. 제가 섣불리 뭐라 이야기는 못 하겠지만. 할머니, 나도 시어머니가 자꾸 내 옷이랑 애들 옷 사다 주면 좀 싫을 것 같아."

"아니, 왜 싫어요. 예쁘고 좋은 옷 사다 주는데."

"할머니랑 며느님은 세대도 다르고 취향도 다르고 보는 눈도 다르잖아요. 옷이라는 게 내 마음에 드는 것 내가 사 입고 싶지, 누가 사다 주면서 입으라고 하면, 그것도 시어 머니가······."

"난 내 거는 못 사도 우리 애들 거는 예쁜 것 볼 때마다 사다 줬다고요."

"그러니까 그러실 때 며느님이 얼마나 부담스러웠겠냐 고? 한두 번도 아니고 매번. 마음에 안 드는 것 입기는 싫 고, 엄마라는 게 내 새끼들 내 취향껏 사 입히고 싶은 거 거든요. 할머니가 자제분들 할머니 마음에 드는 거 사다 주고 싶듯이. 그러니 며느님 입장에서는 싫지. 입히자니 마음에 안 들고 누구 주자니 시어머니 성의 생각하면 죄 짓는 것 같고······."

"그럼 내가 애들 옷 사다 주는 게 잘못이에요?"

"휴, 잘못이 아니라······. 난 안타까운 생각이 들어서 그 래요. 자신 거는 못 사도 예쁜 것 보면 며느리들 사다 주 고 싶은 할머니 마음도 알겠고, 5000원짜리 티셔츠를 입

155

어도 내 맘에 드는 걸 내가 사서 입고 싶은 며느님 마음도 알겠고. 차라리 돈으로 주면서 사 입으라고 하는 게 백 배 천 배 낫죠. 어찌 보면 할머니는 할머니 생각만 했던 거예요. 며느님은 그게 쌓이고 쌓였던 거고."

"우리 작은아들이 이 사실을 알면 어떻게 할지……."

"할머니, 그러지 말라니까. 할머니는 어떻게 생각하실지 모르지만 그 이야기도 그래요. 할머니 무서우신 분이야. 지금 며느님 약점 잡고 있다는 거죠?"

"나 그런 것 아니라니까."

"내가 작은며느님 입장이라면 그런 면이 너무 싫을 것 같아요. 어쩌면 '너 그때 나한테 이렇게 잘못했지? 내가 니 남편한테 안 이르고 있다.' 뭐 이런 무언의 압력이어서 며느님 입장에서는 되게 싫을 거 같애. 차라리 다 까발리고, 작은며느님도 그때 그 상황을 해명할 기회를 주세요. 처녀가 애를 낳아도 할 말이 있다는데, 작은며느님 입장에 하고 싶은 말이 없겠어요? 할머니는 지금 큰아드님이 그때 우리 엄마 그런 사람 아니라고 나서서 이야기해 주고, 엄마는 왜 그런 짓을 했냐고 화를 냈어야 할머니가 해명할 기회를 얻었을 텐데 그러지 않아서 큰아드님이 괘씸하고 섭섭하다며?"

"괘씸하고 섭섭하지."

"거봐요. 할머니는 '널 위해 비밀을 지켜 준다' 이런 생각인지 모르겠지만 작은며느님 입장에서는 그 종기가 터져서 할머니랑 남편이랑 같이 이야기도 하고 오해는 풀고, 해명도 하고 다시 한 번 사과할 수 있으면 하고 싶을 거라구요. 왜 며느님 입장은 생각 안 하세요. 할머니는 아량을 베푸신 건지 모르지만, 작은며느님 입장에서는 고맙기보다는 찜찜할 것 같애."

누구나 다 자기 입장이라는 게 있다. 나는 김영순 할머니를 자주 만났고, 만날 때마다 많은 이야기를 했다. 그리고 큰며느님은 잠깐씩 서너 번 만났고, 작은며느님은 한 번도 본 적이 없다. 그런데 나는 자주 만나서 많은 이야기를 나누고 정이 든 김영순 할머니보다 그 며느리들 입장에서 이야기를 해야만 이 일이 무리 없이 잘 해결될 것 같았다.

그리고 내가 이 이야기를 가족들에게 알리고 묵은 오해를 풀어 줘야 할 것 같은 어떤 사명감에 불타 이 이야기를 별일 아니라는 듯, 예전에 이런 일도 있었다는 듯 그냥 편하게 다 알리자고 했다. 그게 며느님들을 위하는 거라고.

큰며느리와의 비밀도, 둘째 며느리와의 비밀도 아직까지 가슴에 묻어두고 있는 할머니. 나는 며느리들 입장에서는 그런 할머니가 더 무섭지 않을까 싶다. 할머니는 어렵게 비밀 이야기라고 털어놓으셨지만 내가 듣기에는 빨리 풀어버려야 할 할머니 마음속의 앙금이었고, 며느리들에게도 덜 짠 종기처럼 늘 찜찜할 것 같은 생각이었다.

그리고 할머니 입장만 있는 건 아니지 않는가? 며느리들 입장에서도 분명히 속상해 하며 자기 목소리를 낼 이유와 입장이 있지 않았을까? 한쪽 입장에서만 해석하고 그걸 큰 비밀로 남겨 두어 봤자 가족들에게 별로 좋을 게 없다는 생각에 나는 김영순 할머니가 내게 말씀하신 비밀을 이렇게 세상 사람들이 볼 수 있게 적는다. 물론 당사자인 며느리들은 이 글로 마음이 불편해지고 괜히 시어머님과 새로운 갈등이 생길지도 모르겠다. 그러나 50줄을 바라보는 며느리들 입장에서 보더라도 이미 오래전에 지나간 일들. 누구의 잘잘못을 따지자거나 다시 끄집어내 분란을 일으키려는 것이 아니라 고부간이란 으레 그렇더라는 식으로 덤덤하게 받아들이고 책갈피 속의 바랜 단풍잎처럼 추억의 한 장으로 빙긋이 웃으며 회상하길 바라는 마음으로 쓴 것이다.

또 한편으로는 그냥 이 글을 읽는 사람들이 시어머니 입장도 되어 보고, 며느리 입장도 되어 보고, 아들들 입장도 되어 보고, 또 김영순 할머니의 '큰' 비밀을 다 털어내야 한다며 별일 아닌 듯 터트려버리는 내 입장도 되어 보고 이 비밀 아닌 비밀에 대해서 생각해 봤으면 한다.

누구에게나 비밀은 있다. 누구에게나 처한 상황이 있다. 누구에게나 입장 차이도 있다. 하지만 누구나 다 행복해야 한다. 우리는 행복하려면 과연 어떻게 해야 할까?

엄마의 또 다른 이름, 사랑

어렵게 살아도 난 내 아들들 공부는 계속 시켰지.
그거밖에는 방법이 없다고 생각했으니까.
우리의 그 가난을 벗어나고,
그 고통스런 생활을 내 새끼들한테 안 물려주는 길은
공부밖에 없다고 생각해서
이를 악물고 공부를 시켰어.

오늘은 마지막 데이트 날이다. 따뜻한 봄기운이 피어나던 4월 5일에 시작한 데이트가 연일 최고의 무더위와 가뭄으로 힘든 여름의 시작을 알릴 즈음 끝을 맺게 되었다. 처음엔 참 망설였던 일인데, 시작을 하고 한 주 한 주 지내다 보니 벌써 끝낼 날이 왔다. 시작이 있으면 끝이 있고, 만남이 있으면 이별 또한 당연한 것인가?

매주 가던 것처럼 오전 11시에 맞춰 갔다. 할머니는 또 나를 보자마자 이야기를 풀어 놓으신다. 순간 궁금했다. 할머니는 늘 미리 준비하고 계시는 걸까? 나를 만나면 무슨 이야기를 해야겠다고. 아니면 대화 상대가 그리웠기 때문에 나를 만나면 술술술 이야기보따리가 풀리는 걸까? 여튼 난 늘 그랬듯 물 한 모금도 못 마신 채 도착하자마자 할머니의 이야기를 들어야 했다.

오늘이 마지막 날인 걸 할머니도 아시는지라 그동안 다 못했던 이야기들 중에서 꼭 하고 싶은 이야기가 있었던 듯이 이야기만은 꼭 써 달라는 부탁까지 하며 몇 가지 이야기를 꺼내셨다. 그런데 그 이야기들이 내가 듣기엔 꼭 연예인들 수상 소감 같았다. 요즘에는 소신껏 진솔하게 수상 소감을 말하는 배우들이 많아졌지만, 예전에는 소속사에서 써 주는 것인지 너무 주변 사람들을 의식한 판에 박힌 수상 소감이 많지 않았는가. 할머니도 오늘은 나를 만나자마자 계속 그 말씀이다.

"아현동에 살 때 8호집 아줌마가 참 나한테 잘했어요. 부산 사는 우리 큰아들 동창 엄마들이 지금도 친구로 지내는데, 그 도움도 많이 받았지. 우리 친정 식구들은 말할 것도 없지. 내 예순 생일 때 우리 아범이 외가 식구들이 버팀목이 되어 주어서 지금 이 자리에까지 올 수 있었다고 이야기를 했을 정도니. 그리고 또……."

나도 오늘이 마지막 날인 걸 안다. 그렇기 때문에 할머니가 할 이야기를 다 못해서 아쉬운 만큼 나도 듣고 싶은 이야기를 다 못 들은 것 같아 아쉬워서 할머니가 말씀하시는 중간중간을 자르고 들어가 말머리를 돌렸다.

"할머니, 돈 없이 사니까 괄시 많이 받았다고 하셨잖아요. 언제, 누구한테 제일 섭섭하셨어요?"

"서운한 거 많지. 근데 잘한 게 더 많으니까 서운한 건 다 잊었어. 아니 잊으려고 노력해. 사람이 어떻게 다 내 맘 같을 수 있어. 그냥 좀 섭섭해도 잘했던 것 생각하며 더 고마워하고 살아야지. 누가 나한테 잘한 건 다 잊고 못한 것만 마음속에 담고 살면 그보다 더한 불행이 어딨어."

"그러면 여든다섯까지 사시면서 제일 후회되는 일은 뭐예요?"

"세상 살면서 고통스럽고 힘든 때도 많았지만 사실 후회되는 일은 없어요. 열심히 살았으니까. 근데 딱 한 가지 늘 마음에 걸리고 미안한 게 있지."

"그게 뭔데요?"

"우리 둘째 아들한테 키우면서 잘해주지 못한 것이 늘 마음에 걸려. 걔는 별로 호강한 것이 없어. 게다가 공부 잘하는 형한테 치여 어릴 적부터 마음고생을 많이 하고 지냈지. 형 병원비 마련하려고 대학교 등록금을 되찾는 바람에 군대도 미리 갔고……. 이렇게 희생만 하고 살게 한 것이 미안해. 걔는 속마음은 안 그런데 표현이 서툴러 나와 자주 부딪히는 것도 안타깝고."

"내가 할머니 때문에 못살아. 우리 엄마도 맨날 나한테 고생만 시키고 더 잘해 주지 못해서 미안하다고 해서 내 눈에서 눈물 빼는데 할머니도 그러네."

"세상 에미 맘이 다 똑같지 뭐."

"그 상황에 할머니도 최선을 다해서 두 아드님 키우신 거잖아요. 아드님들도 그 마음 알 거예요. 미안해하지 마세요."

"미안하지, 아무리 자식이지만 미안한 건 미안한 거예요."

"할머니, 그럼 사시면서 제일 잘한 일은 뭐예요?"

"그야 두말하면 잔소리. 우리 아들들 가르친 거지. 먹고 살기 힘들고 고통스러워도 나는 애들 가르치는 건 포기할 수가 없었어요. 애아버지가 아프고, 관리사무소에서 내가 재봉질을 해서 어렵게 살아도 난 내 아들들 공부는 계속 시켰지. 그거밖에는 방법이 없다고 생각했으니까. 우리의 그 가난을 벗어나고, 그 고통스런 생활을 내 새끼들한테 안 물려주는 길은 공부밖에 없다고 생각해서 이를 악물고 공부를 시켰어. 주변에서 비웃고, 손가락질해도 난 눈 하나 깜짝 안 했어요. 나 지금도 그 일 하나는 내가 정말 잘했다고 생각해."

할머니 말을 듣다 보니 나도 눈물이 나기 시작했다.

"우리 엄마도 그랬는데……."

"작가님도 어려서 고생을 많이 했구만."

"난 고생 안 했어요. 우리 엄마가 고생 많이 하셨죠. 할머니, 요즘 유행하는 말인데 '버킷리스트bucket list'라고, 죽기 전에 꼭 하고 싶은 일을 적어 놓고 실천해 보는 그런

게 있어요. 지금 여든다섯인데 앞으로 꼭 해보고 싶은 일 있으세요?"

"꿈? 그런 것 없어요. 꿈도 젊었을 때 이야기지. 그리고 난 우리 아들들이 꿈이야. 지금도 우리 새끼들 건강한 것 그거 하나 소원이지 뭐."

"그러면 솔직히 아들들한테 진짜 서운한 것 없으세요? 할머니는 맨날 아들들 자랑만 하시고 서운한 것 없다고 하시는데 전 못 믿겠더라고요."

그러자 할머니는 웃으며 말씀하셨다.

"그럼 하나만 솔직히 말해 볼까?"

"예."

"난 우리 큰아들한테 참 섭섭해요. 말도 못하게 섭섭하지. 아니, 지금도 나한테 잘하고 자랑스러운 아들이지만, 그래도 그건 아니지."

완전 반전이다. 내가 3개월 동안 김영순 할머니를 열 번 만나서 들은 이야기의 70퍼센트 이상은 큰아드님 자랑이 었는데 마지막 날 이게 뭔 소린가? 그동안의 자랑은 그럼 뭐란 말인가? 나는 한숨을 안으로 몰아서 꾹 눌러 쉬고 자연스럽게 그 섭섭한 이유를 물었다.

　우리 큰아들 똑똑하고, 바르고, 정확하고, 책도 많이 읽고……. 흠잡을 데가 없는 사람이야. 지금도 나를 뒤에서 꼭 끌어안고 '엄마, 사랑해요' 하는 사람이야. 지금껏 반항 한 번 안 했고, 내 속 한 번 안 썩혔어. 그런데 우리 큰아들은 제 아버지 산소엘 안 가. 바쁜 것 알지. 그런데 지 아버지 아니었으면 지가 어떻게 태어나? 작은아들은 종종 혼자도 아버지 산소에 다녀오고 그러나 봐. 근데 우리 큰아들은 그런 게 없어. 아니 무슨 때에는 우리랑 같이 가지만, 지가 먼저 나서서 가자거나, 혼자 아버지 산소를 찾아가 본다거나 그런 게 없어. 그러니 지 아버지 산소에는 풀이 우묵허니 자라 있지.

　지가 어디서 태어나고, 어떻게 검사가 되었는데. 아버지가 암 투병을 하면서도 책 심부름 안 하고, 옆에서 버팀목 되어 주지 않았으면 어림도 없지. 얼마나 아들들을 사랑하셨던 분인데.

솔직히 우리 큰아들이 그때 간염에 안 걸렸으면 지 아버지도 안 돌아가셨어. 아들이 간염에 걸렸다는 소리 듣고 금자탑이 무너졌다며 땅을 치고 통곡을 하더니 그 후에 그놈의 암이 어디 숨어 있다가 뇌로 가서 그만 죽은 거잖어.

근데 우리 큰아들이 그런 아버지 산소를 자주 안 찾아봐. 안 간 지 한 2년 됐나? 나 그게 너무너무 섭섭해. 근데 또 나도 속으로 좀 갔으면 하고 생각은 해도, 가라고 먼저 말은 못 꺼내. 아버지에 대한 안 좋은 기억만 떠오르게 할까 봐. 지가 아버지의 고마움을 알고 먼저 찾아봐야지 내가 시켜서 하는 일이 즐겁고 흥이 나겠어? 그래서 난 늘 아들 눈치만 보고 있는데 아들은 아버지 산소에 갈 생각도 안 하고…… 섭섭해 죽겠어.

■ ■ ■

　내가 김영순 할머니를 만나고, 이야기하며 느낀 것은 고집스러움과 자기주장이 강한 것이었다. 그래서 속으로 자식들, 특히 며느리들은 참 힘들겠다는 생각도 했다.

　그런데 김영순 할머니도 어쩔 수 없는 여자이고 엄마이다 보니 자식들의 눈치를 보며 사시나 보다. 아버지 산소에 자주 가 보라고 말씀하시면 될 걸, 바쁜 아들 힘들게 할까 봐, 또 '해 준 것이 없는' 아버지에 대해 안 좋은 기억만 떠올릴까 봐 가 보란 말도 못 하신다고 하고, 그렇게 어려운 상황에서도 자식 교육만은 포기하지 않고 가르치신 분이 85세의 연세에 살면서 가장 후회되는 일은 자식들에게 더 잘해 주지 못한 거라고 하시질 않나, 앞으로의 소원은 그저 자식들 건강한 것 그거 하나라고 주저 없이 말씀하시고……

　대체 엄마의 다른 이름은 뭘까? 모성애의 다른 말은 뭘까?

　'엄마, 엄마는 세상에서 나를 제일 사랑하는데 내가 세상에서 제일 사랑하는 건 엄마가 아니어서 미안해'라고 하는 나에게 '그려. 자식 사랑은 내리사랑인게' 하시는 우리 엄마.

'엄마 때문에 못살아' 하는 나에게 '나는 너 땜시 사는디 너는 나 땜시 못살아서 어쩔끄나?' 하는 우리 엄마.

'엄마처럼 살지 말라고, 나는 많이 배워서 기 펴고 살라고 나 죽기 살기로 가르쳤다면서 왜 이제 와서 후회해?' 하는 나에게 '그냥저냥 고등학교만 졸업시켜서 서울 안 보내고 고향서 결혼시켜서 내 옆에다 두고 자주자주 봄서 살고 싶은게 그러제. 많이 배워버린게 바쁘다고 집에도 잘 안 오고, 나는 맨날맨날 내 새끼 보고 싶어도 못 보고, 전화 좀 허믄 맨날 바쁘다고 허고……' 하는 우리 엄마.

할머니와의 열 번의 데이트는 나에게는 반성의 시간이었다. 1995년 나와 남편이 결혼하겠다고 했을 때 그렇게 반대하시던 우리 시어머니, 결국 그 잘난 아들을 먼저 보내고 혼자 된 며느리를 봐야 하는 우리 시어머니의 마음도 좀 이해할 수 있을 것 같았고, 어떤 때는 남편과의 관계를 다시 생각하게 했다.

정읍 집에 혼자 사시는 우리 친정엄마에 대한 생각과 반성은 할머니를 만나서 이야기하는 동안 늘 하게 되는 시간이었다. 김영순 할머니는 돌아가신 지 30년도 더 된 남편의 산소에 아들이 자주 안 찾아가는 것이 섭섭하다고 하신다. 그렇게 자랑스럽고 좋은 아들이라도 그건 섭섭하지만 먼저 말을 못 하시겠단다.

우리 엄마는 40년 넘게 내 수발을 하면서도 나한테 보고 싶으니 한 번 내려오라고도 못 하신다. 내가 내려간다고 하면 바쁜데 내려오려면 피곤하고 힘드니 오지 말라고 하신다. 내가 보고 싶어서 전화를 해 놓고도 내가 '왜?'라고 하면 죄인처럼 '아니, 그냥. 바쁘지? 목소리 들었응게 됐다. 바쁜게 끊자' 하시며 얼른 끊는다.

김영순 할머니의 남편은 30여 년 동안 그 산소에서 당신의 꿈이자 희망이었던 아들을 매일매일 기다리고 계실까? 우리 엄마가 정읍 집에서 나를 매일매일 기다리는 것처럼.

데이트를 마치고 돌아가겠다고 하니 지하 주차장까지 따라 나오신 할머니. 우리는 서로의 건강을 당부하며, 자주 통화하자고 하고 두 손을 놓았다.

내가 차에 올라 차 창문을 내리고 "할머니, 저 가요" 하니 할머니가 소녀처럼 웃으시며 "안녕!" 하신다. '안녕히 가세요'도 아니고, '잘 가요'도 아니고, '운전 조심하세요'도 아니고, '안녕'이란다. 여고생들이 친구에게 하듯이, 안녕!

난 순간 울컥해서 차창 밖으로 왼손을 내밀어 할머니 손을 잡았다. 그리고 우리는 그렇게 말없이 한참을 있었다. 서로의 눈을 똑바로 쳐다보며……

할머니의 눈시울이 붉어지셨다. 자식들 키우며 그 힘든 시절에도, 남편의 암 투병 중의 그 고통 속에서도 한 번도 울지 않았다는 할머니는 내 손을 잡고 내 얼굴을 똑바로 바라보시며 눈물을 글썽이고 계셨다.

우리는 그렇게 한참을 바라보고 있었다. 내 목에서 이상한 것이 올라오며 터질 것 같아서 내가 얼른 손을 빼며 "할머니, 저 갈게요" 하니 "건강, 건강 지키셔야 돼. 그래야 자식들 지킬 수 있어요. 그러니 늘 건강 챙기셔. 내 마지막 부탁이에요" 하셨다.

나는 대답은 못하고 고개만 끄덕하고 바로 차를 출발시켰다. 뒤에서 또 할머니가 "안녕!" 하셨다.

김영순 할머니는 그 순간 작가를 보내는 것이 아니었다. 젊은 나이에 혼자 되어 아이 둘을 키우는 안쓰러운 인생 후배, 한 여자를 보고 있었던 것이다. 30여 년 전 남편과 먼저 사별한 여자가 4년 전 남편과 사별한 여자를 보며, 그 후배가 앞으로 살아가면서 어떤 고난과 어떤 마음고생을 할지 김영순은 알고 있었기에 그저 애처로운 마음에 내 손을 잡고, 어떤 말도 위로와 용기가 되지 못한다는 걸 알기에 그저 눈시울만 붉혔으리라.

그러나 나는 오히려 기쁨의 눈물에 가까웠다. 할머니는 자신이 혼자 두 아들과 힘들게 산 세월을 내가 비슷하게 겪을 것을 알기에 안쓰러워서 눈물이 났겠지만, 나는 할머니가 당당하게 두 아들과 함께 잘 살아오셨기에 지금의 편안한 모습을 가지고 두루두루 주변 사람들이 버팀목이 되어 주어 잘 견디며 살 수 있었다고 말할 수 있는 여유도 있고, 자랑스러운 아들의 이야기도 마음껏 하실 수 있고, 힘들었던 과거도 덤덤히 추억으로 그리고 인생의 한 페이지, 한 페이지로 이야기할 수 있는 것이니 그 모습을 보며 나도 내 두 아이와 열심히 살아서 먼 훗날에 웃으며 지금의 아픔을 누군가에게 추억으로, 내 인생이 헛되지 않았음을 증명하듯 이야기해야겠다는 다짐의 눈물이었고, 내 앞이 그저 막막하지만은 않다는 희망적인 눈물이었다.

솔직히 처음엔 호기심에 도대체 무슨 말씀을 하시나 들어나 보자는 마음에 시작했는데 40년 인생 선배가 친구가 되었다. 85세의 내 친구 김영순 씨는 나를 보내기 전에 이렇게 말했다.

"현실에 만족해라. 내가 갖지 못한 것, 내가 잃은 것에 대해서 아쉬워하고 한탄하지 말고 현재 내가 가지고 있는 것을 최대한 누리며 만족하고 살아라."

운전을 하고 집으로 돌아오는 길에 할머니와의 대화를 머릿속으로 정리해 보았다. 서로 여러 가지로 공감하며 같이 박수치고, 같이 흥분하고, 서로 위로하고, 때로는 서로 투정을 하기도 했지만, 중요한 건 우리는 서로를 이해하려고 많이 노력을 했다는 것이다.

물론 40년이라는 세대 차이가 있고, 여러 가지 상황과 환경이 다르기 때문에 서로 이해가 잘 안 되는 부분이 많았던 건 사실이다. 특히 며느리 이야기와 아들 학교에 '쫓아다닌' 이야기는 나도 흥분하고 대들었지만 할머니 역시 지지 않으셨다. 결국은 남 일에 마음 상하고, 미운털 박힐까 봐 서로 적당한 선에서 꼬리를 내리기는 했지만 늘 그 부분의 이야기들은 우리를 예민하게 만들었다.

그런데 그 이해가 안 되는 것이 과연 나만 그랬고 나만 힘들었을까? 갑자기 나는 또 다른 호기심이 발동했다. 나와 40년의 나이 차이가 나는 김영순 할머니. 나는 며느리의 입장이지만 시어머니의 입장인 김영순 할머니. 나에게는 아직 '만만한' 친정엄마가 계시지만, 다 '늙은' 아들들과 며느리들의 눈치를 봐야 하는 김영순 할머니. 과연 김영순 할머니가 보는 나는 어떨까? 입장을 바꿔서 다시 한 번 데이트를 시작해 볼까? 이번에는 '안녕!'이 아니라 '안녕?'으로 시작해서…….

■　■　■

원고를 다 마치고 한동안은 '김영순 앓이'를 해야 했다. 매주 수요일 오전이면 김영순 할머니를 만나러 가야 될 것 같았고, 다른 일을 하고 있으면서도 중요한 일을 안 하고 있는 것 같은 찜찜함이 남아 개운하지가 않았다. 수요일은 점심도 여간 먹히질 않았다. 왠지 김영순 할머니가 혼자 점심을 드시고 있을 듯한 생각에 내가 가서 이야기도 나누고, 같이 점심도 먹어야 될 것 같아서…….

그런데 그건 우리의 영순 씨도 마찬가지였나 보다. 어느 수요일엔 전화를 해서 "이젠 안 오는 거 맞죠? 난 또 혹시 오시나 해서……" 하기도 했고, 또 어느 날 저녁에는 전화에다 대고 "오늘 오신다고 해서 수박 썰어 놓고 하루 종일 엘리베이터만 쳐다보고 있었는데 왜 안 왔어요?" 하셨다.

내가 그런 약속 한 적 없다고 하니 귀가 어두워서 다른 사람이 온다는 소리를 작가님이 온다는 소리로 잘못 들었나 보다며 몇 번을 미안하다고 하시고는 잠시 망설이시다가 "보고 싶어요" 하셨다.

어찌나 눈물이 나던지. 내가 뭐라고, 내가 뭐 잘해 드린 것도 없고 그냥 이야기를 들어 드린 것뿐인데 그사이 정이 들어서 나를 기다리고, 그리워하고……

그렇게 김영순과 고혜정은 한동안 앓았다.

그리고 7월 25일, 나는 김영순 할머니의 큰아들 내외분과 저녁 식사를 하게 되었다.

"저는 변호사님이 참 대단하신 것 같아요. 어떻게 그렇게 열악한 환경에서 바르게 자라고, 딴생각 안 하고 공부만 할 수 있었는지."

"생각하기도 싫은 구질구질한 얘기죠. 말이 좋아 관리사무소지, 아니에요. 진짜 비만 피할 수 있는 마루만 깔려 있던 그런 곳에서 우리 네 식구가 살았어요. 아침이면 회수권 값 5원이 없어서 여기저기 꾸러 다니는 게 일이었는데, 못사는 동네라 돈 꾸는 일이 쉽지 않아서 아침마다 회수권 값 5원 때문에 전쟁을 치러야 했으니……. 근데요, 나는 그걸 현실로 받아들였어요. 내가 처한 현실을 똑바로 본 거죠. 그게 생활이고, 내가 처해 있는 상황이었으니까. 우리 어머님이 몸도 약하시고, 생활력도 별로 없으셨어요. 그래도 집안 형편이 너무 어려우니까 잘사는 친척집에 무슨 때가 되면 가서 설거지도 해 주고 잔일도 도와주시면서 먹을 것도 얻어 오고 그랬죠.

한번은 내가 중학교 2학년쯤 됐을 때인가. 우리 형제가 어리니까 어머니를 따라가서 우리는 구석에서 놀고, 어머니는 일을 하셨죠. 그러다 뒷일 다 끝나고 집에 돌아가는데, 우리 셋이 버스를 타고 집에 가면 버스비가 많이 드니까 걸어서 집까지 간 겁니다. 세 명이고 갈아타야 되는데, 그때는 환승 제도가 잘 돼 있지 않아서 차비를 세 명이 두 번씩 내야 되니까 그 돈 아끼려고 걸어서 집에 간 거죠. 어머니는 원래 몸도 약하신 분이 하루 종일 그 집 뒷일을 했으니 얼마나 몸이 피곤하셨겠어요. 거기다 남은 음식 얻은 것까지 들고 계시니 무겁고. 우리 형제는 하루 종일 밖에서 놀았으니 집에 갈 힘도 없이 졸리고 힘든데, 눈은 와서 머리와 모자에 쌓이고. 진짜 그때 소원은 제발 집에 가면 요가 깔려 있었으면 좋겠다. 우리가 가서 요를 깔지 않아도 요가 깔려 있어서 우리가 가자마자 그 안에 들어가서 바로 잘 수 있었으면 좋겠다. 그게 소원이었다니까요.

그때, 그 지치고 힘든 몸으로 집에 가는데 우리 어머님이 그러시데요. '저 하늘을 봐라. 너희들의 발은 땅을 짚고 현실을 살고 있으나, 언제나 저 하늘을 보며 살아라. 꿈도 희망도 다 저 위에 있다. 늘 저 위를 보며 살아라. 하지만 현실을 잊어서는 안 된다. 지금 발 딛고 있는 현실을 잘 알아야 저 위도 볼 수 있는 거다.'

우리 어머님이 그런 분이십니다. 그 약한 몸으로 남의 집 일을 해 주고, 지친 몸으로 남은 음식을 얻어서 들고, 양쪽에 금쪽같은 아들 둘을 끼고 차비 아끼려고 그 힘들고 추운 길을 걸으면서 얼마나 우리가 안쓰럽고 힘이 드셨겠습니까. 그래도 늘 당당하셨고, 이건 현실이지만 너희들의 미래는 저 위에 있다는 걸 늘 일깨워 주셨기 때문에, 전 그 현실이 그냥 생활이고 당연했지, 왜 나는 이런가 비관하지도 않았고 기죽지도 않았습니다. 그리고 또 내가 그럴 수 있었던 건…… 우리 어머님, 우리 어머니가 다 막아 주셨기 때문이죠. 모든 구차한 일은 어머니가 다 하셨고, 그저 우리는 그 안에서 어머니의 희생으로 별 어려움 없이 살았던 것 같아요. 남들은 우리 어머님 보고 극성스러운 어머니라고 할지 모르지만, 모르는 소립니다. 우리 어머님은 우리가 처한 열악한 환경을 최대한 아들들은 영향받지 않게 어머님 몸으로 다 막으셨던 겁니다. 그래서 어쩌면 저는 우리가 처한 현실을 대수롭지 않게 생활로만 받아들였는지 모르겠어요. 모든 건 어머님이 당하셨으니까요."

"참 대단한 어머니에, 대단한 아드님이네요. 그런 어려운 환경에 공부 말고 다른 걸 해볼 생각은 안 하셨어요?"

"그러게요. 근데 그때 우리 부모님이나 저희들이나 생각이 같았던 게 이 가난을, 이 어려운 환경을 벗어날 수 있는 건 공부밖에 없다고 생각했던 것 같아요. 그래서 부모님도 저희들도 딴생각 안 하고 어려운 환경 속에서 더 공부에만 매달렸죠. 주변에서 공고에 가서 빨리 취직해서 돈 벌라는 말씀들도 많이 했지만, 저희 가족들은 안 흔들렸어요. 그때 참 많이 어려웠는데…….

한번은 이런 일도 있었어요. 고등학교 때인데 점심시간인데 제 친구가 저보고 잠깐 밖으로 나가자는 거예요. 영문도 모르고 따라 나갔는데, 이놈이 뭐 별 특별한 일도, 얘기도 없이 나를 매점 주변으로 어디로 끌고 다니더라고요. 뭐 그렇게 한 30분 돌아다니다 들어왔나? 며칠 후 담임선생님이 부르셔서 갔더니 봉투를 하나 주시면서 '반 애들이 조금씩 걷고, 나도 조금 보탰다' 하시더라구요. 그때 저는 수업료를 제때 내지 못하는 상황이었거든요. 친구들이 볼 때 저는 공부 잘하는 찢어지게 가난한 집 아들로 보였나 봐요. 친구들이 내 수업료를 모아 주기 위해 나 자존심 상할까 봐 한 친구가 저를 밖으로 끌고 다니고, 그사이

교실 안에서는 십시일반 돈을 걷고 있었던 거예요. 그 시절은 다 어렵던 때인데 고등학생 그 어린애들이 돈이 어디 있고, 또 내면 얼마씩을 냈겠어요? 그런데도 저를 위해⋯⋯.

또 한번은 내가 2분기 것도 못 내서 맨날 칠판에 이름이 적혀 있었는데, 그때 4분기 수업료를 내려고 가져왔던 친구가 자기는 다음에 낼 테니 이걸로 제 2분기 수업료를 내라면서 자기 수업료를 빌려 준 적도 있었어요. 그날 오후 수업시간 내내 울었어요. 속상하고 창피해서 다짐을 했죠. 이런 가난에서 반드시 벗어나야겠다고.

회수권 값 5원 때문에 아침마다 전쟁을 치르고, 수업료도 제때 못 내는 어려운 생활이었지만, 어디까지나 그건 현실이지 미래는 아니었으니까요. 아무것도 물려줄 것 없는 우리 부모, 아무것도 물려받을 것 없는 우리 형제는 공부만이 이 환경을 벗어날 수 있다는 생각에는 흔들림이 없었던 거죠. 어려서부터 우리 어머니는 발은 현실에, 그리고 이상은 미래에 두라는 걸 늘 말씀하셔서 전 그게 당연한 건 줄 알았습니다. 전 우리 어머니의 그런 강인함과 뚜렷

한 소신이 좋아요. 제 와이프도 옆에 있지만, 요즘 뭐 애들만 나약한가요? 엄마들이 나약하니까 애들도 닮는 거죠."

"검사 시보 시절에 간염에 걸려서 입원하셨잖아요. 그때 동생분이 대학 등록금을 냈다가 학교에 가서 사정사정해서 그 돈을 찾아와 형 입원비를 내고 자신은 휴학하고 군대에 갔다던데, 우애가 참 대단하세요. 요즘 뉴스 보면 돈 때문에 칼부림 나는 형제들도 있잖아요."

"나는 몰랐어요. 내 입원비가 동생이 학교에 가서 사정해서 도로 받아 온 등록금인 걸 이번에 알았어요."

"예? 아니 그때도 형편이 안 좋았을 때인데 그 입원비가 어디서 난 건지 궁금하지 않으셨어요?"

"제가 좀 그래요. 딱 저 필요한 것만 하고 주변 일에 별로 신경을 안 써요. 어려서부터 뭐든 내 위주고, 내 중심으로 돌아갔으니까 뭐든 당연한 걸로 아는 것 같아요.

그에 비해 제 동생은 매우 현실적이었어요. 평생을 살면서 제 동생이 형인 것처럼 느껴질 때가 많아요. 저를 위해 희생하려고 하고 제가 하는 말이면 뭐든지 따르고 그런

동생이 없었으면 오늘날 제가 없었을 거예요. 늘 마음으로 빚을 지고 산다고 생각해요."

그때 옆에서 조용히 식사를 하던 아내가 농담처럼 끼어들었다.

"그러니 제가 얼마나 힘들었겠어요. 아휴, 깐깐한 시어머니에, 자기중심적인 남편……."

"그럴 것 같아요. 사실 저는 할머니 만나서 얘기 들으면서, 며느리 입장에서 얘기를 들으면 더 재미있겠다는 생각도 했어요. 어때요? 하실 말씀 많죠? 얘기 좀 해 주세요."

"어느 집이나 다 마찬가지지, 뭐 우리 집만 특별나겠어요? 하지만 전 신앙의 힘으로 다 극복했어요. 남편은 가끔 저보고 왜 교회에서 이렇게 늦게 오냐고 하는데, 저는 진짜 하나님이 아니었으면……. 지금 이 자리에 없었겠죠."

"이 집도 다른 집처럼 고부 갈등이 있었나요? 할머니는 딸보다 더 좋은 며느리라며 자랑 많이 하시던데."

"다른 집보다는 심각하지 않지만, 우리도 시어머니와 며느리인데 어떻게 좋기만 했겠어요. 사실 어머님은 사랑이셨지만 며느리 입장에서는 부담일 때가 많았죠. 이제 같이 늙어 가니까 다 서로 이해하고 웃고 넘기죠. 저도 이젠 나이가 들어서 그런지 대범해져서 할 말은 좀 하고 살아요. 안 그러면 내가 죽겠는걸요."

"저는 다 예상했던 바입니다. 그런 세월을 참아 준 아내가 정말 고맙죠. 어머님도 어머님이지만 저도 만만치 않거든요. 특히 우리 어머님에게 저는 아들 이상입니다. 제가 알죠. 우리 어머님 인생을 건 사업이었던 거죠. 다행이 그 사업이 잘된 거고. 그런데 그 사업체를 다른 사람에게 넘겨야 하는데, 이유야 어떻든 속이 좋을 리 없고, 참견을 안 할 수 없겠죠. 그래서 전 제가 결혼하면 고부 갈등은 너무 뻔한 현실이겠더라고요. 그래서 전 저를 욕하게 하자는 전략을 썼습니다. 어머니 편도, 아내 편도 안 들고, 둘 모두에게 무관심하게 대했습니다. 그래서 결국은 두 사람이 저한테 섭섭해하고, 저를 욕하면서 친해질 수 있게요. 한 남자를 사이에 두고 어머니와 아내가 감정 싸움을 하면 결국은 세 사람이 골병드는 거죠. 두 여자가 저 남자는 누구 편도 될 수 없다는 걸 알아야 서로 손을 잡고 그 남자를 욕하면서 서로 친해질 거라고……"

이 부분에서는 세 사람 다 크게 웃었다. 아내도 못 말리겠다는 듯 고개를 흔들며 웃었다. 똑똑한 남자의 전략이 좋아서일 수도 있었겠으나, 내 생각엔 두 여자(시어머니와 며느리)가 참 많이 참고, 많이 울고, 많이 속상해하며 산 세월이 이제는 이해와 동정과 편안함이 되었으리라. 단순한 남편은 자신의 전략이 성공했다고 생각할 것이고.

남자들이여, 여자들은 남자가 생각하는 것처럼 그렇게 단순하지가 않다네. 남자들처럼 단순하게 '둘이 손잡고 나 욕하면서 너희 둘이 편먹어라' 하는 식으로는 되지 않는다. 여자들은 복잡 미묘해서 남자들 생각처럼 그렇게 줄을 긋듯이 결론이 안 나온다. 오죽하면 '남자들의 NO라는 단어에는 아니오라는 한 가지 뜻만 있지만, 여자들의 NO라는 단어에는 4만 가지의 뜻이 있다'라는 말이 있을까?

남편이 생각했던 것처럼 '둘이 내 욕하면서 한편 되어라'가 정말 잘못돼서, 둘이 딴 데 가서 남편 욕하고 아들 욕하다가 오해가 쌓이고 세 사람이 얘기도 안 통해 각자 따로 노는 최악의 상황이 될 수도 있었겠지만 그렇게 되지 않은 것은 두 여자의 노력 덕분이었을 것이다.

결혼한 여자들 사이에 우스갯소리로 떠도는 말이 있다. '시어머니들은 며느리와 딸한테 쓰는 말이 달라야 한다. 그런데 그 말들이 외국어 배우기보다 더 힘들다'라는 것이다.

오죽하겠는가? NO라는 단어 하나를 놓고 4만 가지 뜻으로 해석하는 여자들이 하는 대화이다 보니 말하는 사람의 의사와는 상관없이 듣고 있는 사람이 무슨 뜻으로 해석하느냐에 따라 대화 내용이 완전히 달라지는 것이다.

우리 엄마도 전에 그런 일이 있었다. 나에게는 친정엄마이고, 우리 올케들에게는 시어머니인 우리 엄마.

"아가, 내가 며느리한테 뭔 실수를 혔는개빈디 나는 내가 뭣을 잘못혔는가를 모르겠다."

"왜? 뭐라고 했는데?"

"아니, 나는 너한티 헌 것허고 똑같이 혔는데 며누리가 섭섭헌 듯이 난리다."

엄마의 이야기는 이랬다.

날씨가 더우니 자식들 걱정이 됐던 우리 엄마는 딸과 며느리에게 차례로 전화를 한 것이다.

"아가, 요새 날 더워서 뭐 히먹을 것도 없고, 도대체 뭐 먹고 사냐?"

나는 이렇게 대답했다.

"그냥 뭐 반찬 가게 가서 사다가도 먹고, 나가서 사 먹기도 하고 그렇지. 걱정 마, 안 굶어 죽어."

엄마는 이번에는 며느리에게 전화를 걸어 똑같이 물었다.

며느리의 반응은 이랬다.

"어머니는 무슨 말씀을 그렇게 하세요? 제가 설마 오빠 굶길까 봐 그러세요? 저희 안 굶고 잘 해 먹고 살아요."

남자들이 보면 도대체 이해가 안 되는 이야기겠지만 결혼한 여자들은 이야기를 들으면 다들 박장대소를 한다.

그렇게 여자와 남자는 생각하는 것이 다르다. 남자들은 여자를 위해 무슨 전략을 세우기보다는 그저 위로해 주고, 이야기 들어 주고 공감한다는 듯 고개를 끄덕여 주는 것이 (비록 속으로는 딴생각을 하고 있을지언정) 훨씬 더 효과적일 것이다.

김영순 할머니의 큰아드님 내외분과 나는 7시에 만나 11시가 가까워서 헤어졌다. 이런저런 사는 이야기를 하다 보니 시간 가는 줄 몰랐던 것이다.

여기에 적을 만큼 특별한 이야기는 없었다. 아들로, 며느리로 살아온 이야기, 그리고 남녀가 만나 부부로 산다는 게 얼마나 큰 인연이고 또 얼마나 큰 수행이며 '도 닦는 일'인가를 이야기하며 웃었다.

그렇게 여든다섯의 김영순 할머니와 마흔다섯의 고혜정 작가의 40년 세월을 뛰어넘어 나눈 인생 이야기나 그녀의 아들 내외와 나눈 인생 이야기나 그게 다 우리네 삶이어서 세대 초월, 절대 공감으로 이야기가 술술 풀렸던 것 같다.

이것으로 이야기가 끝이 아니라 우리의 이야기는 계속 실패 풀리듯 줄줄줄 이어지리라. 인생이 계속되는 한, 또 삶을 열심히 사는 사람들이 있는 한······.

KI신서 4188
엄마 김영순

1판 1쇄 인쇄 2012년 9월 7일
1판 2쇄 발행 2012년 9월 26일

글쓴이 고혜정
펴낸이 김영곤 **펴낸곳** (주)북이십일 21세기북스
부사장 임병주
MC기획1실장 김성수 **BC기획팀** 심지혜 장보라 양으녕
출판개발실장 주명석 **편집1팀장** 박상문 **책임편집** 조유진 **디자인** 김수아 전지선
마케팅영업본부장 최창규 **마케팅** 김현섭 강서영 **영업** 이경희 정병철
출판등록 2000년 5월 6일 제10-1965호
주소 (우 413-120) 경기도 파주시 회동길 201 (문발동)
대표전화 031-955-2100 **팩스** 031-955-2151
이메일 book21@book21.co.kr **홈페이지** www.book21.com
21세기북스 트위터 @21cbook **블로그** b.book.com

ISBN 978-89-509-3945-8 03810
책값은 뒤표지에 있습니다.